rowohlt
BERLIN

Albrecht Selge

FLIEGEN

ROMAN

ROWOHLT · BERLIN

1. Auflage März 2019

Satz aus der Janson bei
Pinkuin Satz und Datentechnik, Berlin
Druck und Bindung CPI books GmbH, Leck, Germany
ISBN 978 3 7371 0067 0

EILT,

IHR ANGEFOCHTNEN SEELEN

NULLKOMMANULL, um genau zu sein. Das ewige Einerlei der Bahnhöfe weckte null Interesse in ihr, anders als das ewige Einerlei der Züge. Und war ihr ja auch dieser feste Boden des Bahnhofs unter den Füßen schwer: als hinge eine Last an den Füßen. Vielleicht wollte der Bahnhofsboden sie sogar in sich hineinziehen. Vor Unruhe fing es in ihren Beinen zu kribbeln an. Ging sie also auf diesem schweren, unfreundlichen, ziehenden Bahnsteig schneller hin und her, nur ein bisschen schneller, aber angespannt, ungeduldig, Sporttasche untern Arm geklemmt, zusammengeknüllte Tüte in der Hand. Drei Euro fünfzehn eben kassiert. Schwupps, eine einsame Flasche im Sack. Schwupps, den freundlichen Blick einer Dame im Herzen. Ein Fröschlein, das Mücklein fängt. Aber der harte Blick einer anderen Dame löschte das Freundliche gleich wieder aus. Hau ab, du. Vorbei an einer Raucherinsel, zwei Menschen im gelben Quadrat, selbstvergessen aus sich herausblickend, jeder Mensch eine Kapsel. Mannkapsel und Fraukapsel. Als sähen sie aufs Meer. In den Sternenhimmel. Meer *und* Sternenhimmel. Sehnsucht nach dem All wieder mal. Auweia.

WEGEN PERSONEN IM GLEIS, leierte es über den Bahnsteig.

Als der ICE 2156 endlich einfuhr, löste die Unruhe sich auf, und das Schwere rutschte von ihren Füßen, versank in der Tiefe des Bahnsteigs, ohne sie mitzuziehen. Sie wusste, dass der Kopf des Zugs am leersten ist, aber stieg an seinem Ende ein, denn drin ist drin, selbst wenn er noch nicht fährt. Ging durch den ganzen langen Zug. Züge sind innen hohl, wie der Mensch.

Endlich wieder in den Lüften. Ein oder zwei Meter über der Erde, unverbunden.

Sie kam an einem ihr vom Sehen bekannten Fahrgast vorbei, so einem rührend dicklichen Polizisten, der immer Kreuzworträtsel löst. Wenn etwas geschähe im Zug, Unfall, Amokläufer, da wär auf so einen rührend dicklichen Polizisten kaum zu zählen. Der erwischt ja nicht mal die goldmünzensammelnden Schlakse, die er über die Gleise jagt. Was am schlimmsten wäre, wenn jemand schwupps ihre Tasche klaute. Aber freute sich, dass der Polizist immer dasitzt.

Setzte sich im Großraumabteil ans Fenster im Zugkopf, schob die Tasche unter den Sitz, Riemen um ihr rechtes Bein. Wie immer der Fahrtrichtung entgegen. In Fahrtrichtung zu sitzen ist für Gelegenheitsfahrer, und rauscht der Zug in ein Unglück, dann soll das Unglück mal ruhig von hinten kommen. Ob man mit Arsch oder Nase voran untergeht, ist dann auch egal, aber von hinten kommend sieht mans nicht. Vielleicht freilich wird einem dann einfallen, dass man den Untergang doch gern sähe, wenns schon sein muss. Aber auch das wird egal sein. Der Platz neben ihr blieb frei, das Großraum-

abteil ziemlich leer, wie der ganze Zug. Der ICE 2156 war selten voll.
Ihre Füße jetzt wieder ganz leicht, trotz der geschwollenen Beine.
Herausfahren aus einer dieser mittleren Städte, Hinausfahren aufs Land, wie man sagt. Alle Tage. *Auf gewohnten Gleise.*
Sie fuhr jetzt ins zweite Jahr. Draußen war Sommer.
Zwischen Stadt und Land stockte die Fahrt, blieb der Zug eine lange Weile stehen. Blickte sie aus dem Fenster auf einen dieser funkelnagelneuen Kreisverkehre. Brauchte sie keine Brille, die Augen adlerscharf trotz Rentenalter. Wie aus dem Ei gepellter Kreisverkehr und war aus irgendeinem Grund stolz auf ihn, denn war doch fabelhaft gelungen. Wer hat dich, du schöner Kreisverkehr. Kaum ein Auto fuhr darin, so war das meist dort. In anderen Kreisverkehren freilich wälzt und stauts sich. Solche sah sie oft aus überfüllten Zügen. Dann kam Nervosität auf hier drin und Ärger, Hektik, wenn die Fahrt stockt und der Zug bleibt stehn: Anrufe! Der Zug steht schon wieder! Keine Ahnung, warum! Auf eins kannst du dich verlassen! Nämlich dass du dich auf die Bahn nicht verlassen kannst! Scheißdeutschebahn!
Diese böse Unruhe war gestiegen in letzter Zeit. Wurden sie alle plem.
So kams ihr zumindest vor und tat ihr leid, wenn sie das Gemecker hören musste, denn sie verließ sich auf die Deutschebahn.

Hier im halbleeren Zug juckte das Stocken und Stehenbleiben niemand, null Unmutsbekundungen, keiner, der die Deutschebahn verwünscht. Das tat gut, dass keiner verwünschte. In aller Seelenruhe (nur das Ziepen in den Knochen und das Stechen im Nacken) betrachtete sie den funkelnagelneuen Kreisverkehr, seine Leere, das Steinbeet in der Mitte, seine stolzmachende Gelungenheit.
Seelenruhe. Dann flog der Zug.

Anderer Bahnsteig, anderes Warten. Ewiges Einerlei.
WEGEN STÖRUNGEN IM BETRIEBSABLAUF.
Schon wieder! Ihr seid doch selbst gestört! Anrufe!
Aber nicht von ihr. Ihre einzigen Anrufe führte sie aus der Telefonzelle vor dem Freitagsbahnhof, aber ohne Schimpfen und Verwünschungen. Ihr war die Verspätung nicht schlimm, war ja auch keine große. Und ihre Route hatte vor jedem Anschluss einen ordentlichen Puffer. Oder eine Alternative, und wenn sie doch einen Anschluss verpasste, musste sie ein Stück quer fahren oder schnitt das Ende einer Ellipse ab, um wieder einzusteigen auf der gewohnten Route. Schaffner gaben ihr Auskunft oder freundliche Sitznachbarn mit Smartphone.
Aber das ist ja im Grunde vor und zurück? Da fahren Sie ja im Kreis. Warum fahren Sie nicht direkt nach X oder Y?
Unwillkommen dagegen die Minutengeschenke von Zugführern an ihre Fahrgäste. Freude in der Ansage-

stimme, dass der ICE 1207 fünf Minuten vor Fahrplan am Zielbahnhof sei. Sie war ja nicht am Ziel, was soll sie mit der Zeit. Nicht sparen. Aber auch nicht vertreiben, Zeit sparen und Zeit vertreiben, eins so furchtbar wie das andere. Verschenken vielleicht, das wär was, wenn man etwas von der Zeit einem Bedürftigen schenken könnte. Einem der Nervösen, Hechelnden, Flattrigen.

Und manche Stunde auf Bahnsteigen verbringen. Die Kehrseite aller Puffer ist das Warten und gut, wenn man da weiß, wie fest man ist trotz aller Schwernis. Denn tagein tagaus sich auf Bahnhöfen aufhalten wär nichts für eine, die sich glatt öfter mal vor Züge schmeißen würde. Sie nicht. Ab und zu tat es eine und öfter noch einer, so brutal sind eher Männer, auch gegen sich. Frauen anders. Ohne sich oder wen zu zerschmettern. Einmal im Süden sollte es ein Afrikaner gewesen sein, der sich vor den Zug geschmissen hatte, später verbreitete sich, die Polizei habe ihn festsetzen wollen, um ihn außer Landes zu bringen. Muss es in der Hauptverkehrszeit sein, ärgerte sich ein Mann, die Frau an seiner Seite sagte, sprich doch nicht so, und der Mann, ihm kanns doch jetzt egal sein.

Vertrottete sie also zwecks Warten die Zeit. War kurz vor den Bahnhof gegangen, einmal über den hässlichen Vorplatz, wo es einen günstigen Asiaten gab. Hatte von da den Bahnhof angeschaut: auch nicht mehr, was Bahnhöfe vielleicht mal waren, aber naja. Die neueren Bahnhöfe waren Einkaufscenter, in manchen gabs sogar

Austernbars, das war wieder ganz schön, das Meer im Bahnhof, wenn die Austernbars nur nicht so hässlich wären, und für sie sowieso zu teuer. Nun also wieder im Bahnhof, unterm linken Arm die Sporttasche, in der rechten Hand eine Plastiktüte voller Luft, ein Dutzend PET-Flaschen, und in der Sporttasche ihre Siebensachen. Nur die schweren Füße waren leidig, nicht aber die Zeit, die weder verloren noch zu vertreiben ist, wenn man weder Eile noch Langeweile hat. Nullkommanull von allem.

Manchmal war ihr, als wäre auch die Zeit innen hohl und sie könnte sich verkehrt rum in sie setzen.

Aber nicht auf Bänke im Bahnhof. Da würde man sie am Ende, oder sogar sie sich selbst, für eine von denjenigen halten, die man sofort erkennt: die auf dem Bahnhof zuhause sind und nicht zuhause sind. Zuhause, weil kein anderes Zuhause haben, aber nicht zuhause, weil unerwünscht, bestenfalls geduldet. Wie so ein Subsidiärer, wovon in der Zeitung stand, oder nicht mal das. Geduldet von den Behausten, aber doch lieber weg damit. Also hielt sie sich fern von den Unerwünschten, Unbehausten. Nicht, weil sie eine Abneigung gegen die hätte (sollten ihr bloß nicht zu nahkommen), sondern weil sie hier sein durfte, und ein Dürfen setzt man nicht aufs Spiel. Dürfen heißt nicht erwünscht, schon gar nicht behaust, aber mehr als geduldet: berechtigt.

Das Flaschensammeln natürlich auch so diskret wie möglich, schon wegen des Hausrechts, und niemals aus Mülleimern. Als sie am Anfang einmal in einen Müll-

eimer gegriffen hatte, war ihr eine Ratte entgegengesprungen, na danke schön.
Trotzdem waren in jüngster Zeit die Blicke der Behausten scheeler geworden, oder lag das nur an ihrer eigenen Nervosität?
Hau ab, dachte sie.
Die beiden Sätze, die sie am häufigsten gedacht hatte in ihrem Leben:
Ich möchte lieber nicht.
Hau ab.
Einmal hatte sie auch einer der Unbehausten bedrängt, ein wunderschöner junger Afghane, der Geld von ihr wollte, um in eine andere Stadt zu fahren. Siebzehn Jahr, schwarzes Haar, zart und aufbrausend. Jemand anders war ihr zu Hilfe gekommen. Gab ja verschiedene Gruppen von Unbehausten, die konnten einander nicht ausstehen.
Da hatte sie wieder begriffen, dass es für Frauen schwerer ist als für Männer. Weil eine Frau doppelt und dreifach unbehaust ist.
Eher noch fühlte sie sich den Tauben verbunden. Die waren wohl auch Unerwünschte. Ratten der Lüfte, nannte die Tauben einmal der Mann, mit dem sie freitags Backgammon spielte. Aber ganz natürlich bevölkern sie die Bahnhöfe, trotz Taubennetzen und Taubenstacheln und Taubensperren. Sieht man den Tauben beim Fressen zu, beim unentwegten Picken und Schnabulieren, da erkennt man in den Bahnhöfen das Schlaraffenland.

Besonders schön waren sie ja nicht gerade, aber naja. Hässlich fand sie sie auch nicht, weder die fetten noch die zerrupften, nicht die grauen, nicht die hellgrauen, nicht die rostroten. Sie sind, wie sie sind, und das ist doch das Paradies. Grünliche, ölige Hälse, rötliche Augen. Auch nichts gegen ihr dickliches Gurren. Die Tauben waren die natürlichen Bahnhofsbewohner. Möglicherweise sogar von Ferne verwandt mit den *Unbekannten*, den natürlichen Bewohnern der Züge. Freilich nicht so mysteriös und auch nicht so lautlos und schwer sichtbar, sie verbargen sich ja nicht, im Gegenteil. Die Tauben waren ganz schamlos. Höchstens unsichtbar mit der Zeit, weil immer und ewig da. Das Ewige bemerkt man nicht.

Vielleicht war sie selbst eine Taube. Zu den Unbekannten gehörte sie gewiss nicht, die waren viel größer, und nicht nur das, aber vielleicht zu den Tauben; wäre also, möglicherweise, von Ferne verwandt mit den Unbekannten. Die nachts durch den Zug gehen. An den Dämmernden vorbei.

Noch nie hat sie die Unbekannten gesehen.

Doch ihre Behausung war größer als die der Unerwünschten und das Zuhause der Tauben. Alle Bahnhöfe, alle Züge. Alle Tage, ewiges Einerlei.

Besonders gemütlich war es nicht gerade, aber naja.

Als der ICE 2311 endlich einfuhr, war sie doch wieder ungeduldig geworden, angespannt, nervös. DIESER ZUG VERKEHRT HEUTE IN UMGEKEHRTER WAGENREIHUNG. Wann tut er das nicht. Dennoch

Hektik der Einsteigenden, immer das Gleiche! Ärger! Unmut! Nicht so bei ihr, immer das Gleiche ist schön, ihre Unruhe schwand, die Füße wurden wieder leicht. Sie ging durch den hohlen Zug, bis sie einen freien Fensterplatz fand. Entgegen der Fahrtrichtung. Schob ihre Tasche unter den Sitz, Riemen ums rechte Bein. Der Zug flog. Zwei Meter über der Erde.

Verpasste Anschlüsse. Der Kopf wurde ihr auf tagaus tagein langen Fahrten manchmal schummrig, schwindlig und gerieten ihr öfter im Denken die ordentlichen Anschlüsse durcheinander, wie wenn sich was verpasste und war ihr egal. Ein Stück quer oder schnitt ein Ende ab und stieg auf gewohnter Route wieder ein. Wie auf so einer Abkürzung, auf der man sich schneller ins Ziel verläuft als auf dem richtigen Weg. Vielleicht ja auch bloß Hast und hat auch ihren Wert für unruhige Geister.
Aber vielleicht auch bloß rammdösig vom zerstückelten Schlaf.

Sah, wenns in eine Kurve ging, von ihrem Fensterplatz gegen die Fahrtrichtung aus das hintere Ende des Zugs, wie eine Schlange ihren Schwanz. Oder wie sie selbst ihren Bauch entlang hinab, aus dieser Höhle, die ihre Augen waren, und hatte sich immer gewundert, sich selbst anzuschauen, aber nie ganz, sondern nur, was abwärts von oben kommt. Und vorn.

Auf der anderen Seite des Ganges ein junges Paar, sie mit großen silbernen Ohrringen, das die ganze Fahrt über knutschte und sich ineinander verschlang, als hätten sie die Welt um sich vergessen. Oder hatten es. Obwohl sie daran nicht recht glauben konnte, ans Weltvergessen in der Liebe. Aber trug sie leicht über einen halben Tag, so was Schönes.

Oder dass die Landschaft vorüberflog. Dieser Satz. Schon als Kind hatte sie den schön gefunden, schön und unheimlich, unheimlich schön. Und fast so zauberhaft wie das Verschwinden. Jetzt fand sie ihn lächerlich, aber naja. Immer noch äußerst unheimlich und wunderschön.
Die Landschaft flog vorüber.
Blickte viel aus dem Fenster. Ist doch, wenn nicht *der*, dann ein Sinn des Zugfahrens. Nur manchmal beim Hinausblicken der flüchtige Eindruck, die Welt ist längst zu Ende.
Später las sie. Man kann nicht pausenlos aus dem Fenster blicken. Schon gar nicht auf endlose Schallschutzwände, Schallschutzwälle, Schallschutzdämme. *Am Fenster ich einsam stand*, als der das geschrieben hatte, hatte er nicht die Wälle und Dämme im Sinn. Im Zug sitzen auch nicht, aber naja. Vor Abfahrt des ICE 79 hatte sie einen Stapel Heftchenromane aus einer Bücherzelle mitgenommen, so einer blau angestrichnen früheren Telefonzelle vor dem Bahnhof, auf dem sie montags umstieg. Sie las viel. Ein, wenn nicht

der Sinn des Zugfahrens. Querbeet, was ihr gerade in die Finger geriet, oft Bücher, die keiner mehr haben wollte, Hölderlin und Hera Lind, *Heimische Tiere und Pflanzen.* Zwei rote Fäden allerdings: erstens das kleine dicke gelbe Buch, zweitens gab es in der blauen Zelle oft Bücher über und mit Zügen. Grundfarben ihrer Leserei. Wer auch immer die Zelle pflegte (denn irgendwer außer gelegentlichen Passanten tat das), legte offenbar Ehrgeiz darein, sie mit Büchern zu füttern, in denen Eisenbahnen vorkamen und Bahnhöfe. Die las sie am liebsten und legte sie am nächsten Montag zurück in dieselbe Zelle, um sich neue Bücher mitzunehmen.

Kam ihr entgegen, dieses wahllose Lesen, denn sie hatte immer rasend gern gelesen, aber nie mit System. Am schönsten immer, wenn ihr dabei zauberhafte Wörter über die Füße stolperten, wie *Handelsbeflissener.* Und wünschte sich bei anderen Wörtern, dass es sich *seelig* schriebe oder *beseeligen.* So eine Leserin.

Ein einziges Buch behielt sie immer bei sich, das war ihr Eigentum, ihre Habseeligkeit. Es steckte im Außenfach der Sporttasche, ein kleines dickes gelbes Buch, das sie auf den letzten Drücker eingesteckt hatte, nach allem Lebensnotwendigen, weil sie dachte, Verse.

Wieder ein Glück erlebt. Die gefährliche Dürre geneset, und die Schärfe des Lichts senget die Blüte nicht mehr.

Verse sind immer gut. Bisschen plem, aber plem im guten Sinn: kann man stundenlang draufrumkauen, denn sie sind innen hohl. *Satt gehn heim.* Und zog das kleine

dicke gelbe Buch vor allem nachts heraus, wenn sie die mitgenommenen Bücher oder herumliegende Zeitungen oder Magazine ausgelesen hatte.
Im Schummerlicht zu lesen.
Nachts.
In der heiligen, fürchterlichen Nacht.
Tagsüber, auf der schnellen Fahrt nach Süden, las sie den ersten Heftchenroman aus der blauen Zelle, *Buffalo Bill – Die Eisenbahnpiraten.* Aber fesselte sie nicht so. Zwischendurch hob sie den Kopf und sah sich um. Oder vertrat sich die Füße, auch um Nacken und Rücken mal zu entspannen und die geschwollenen Beine durchzuschütteln. Turnen war später, andrer Zug.
Ging durch die Reihen. Mal ein harter Blick, mal ein freundlicher, manchmal ein bekanntes Gesicht darunter. Als sie nach einigen Wochen, oder waren es Monate, begonnen hatte, Gesichter wiederzuerkennen, war ihr schwindlig geworden, aber nun schon längst nicht mehr. Einige Fahrgäste lasen oder blickten aus dem Fenster, viele beschäftigten sich mit ihren Smartphones. Sie hatte keins, nie gehabt. Nicht nur aus Kostengründen, sie konnte das Digitale nicht leiden. Das Internet. Einmal falsch geklickt, hat man Schulden oder Schlimmeres, und alles bleibt für immer da, wie man liest, nichts verschwindet.
Ach, verschwinden.
Und wer weiß, was da sonst noch haust. Las man ja allerhand in der Zeitung, was sich da so verdoppelt und vervierfacht und verachtfacht und verabertausend-

facht, abertausendköpfige Hass-und-Hetz-Bots, solche Homunkulüsse. Blieb sie lieber in ihrer analogen Welt. Wenns nur nicht herauskriecht, in die Welt.
Aber kroch ja anscheinend. Hatte sie schon in den letzten Jahren in der Wohnung das Gefühl gehabt, so etwas Feindseliges. Aber noch nicht so wie jetzt.
Dann las sie wieder, dann blickte sie wieder aus dem Fenster: wie die Landschaft vorüberflog. Schallschutzwände, knallgelber Raps. Keine Büffel. Die gab es immerhin in anderen Gegenden, im Norden und Osten, wo das Land leerer ist. Keine Bisons zwar, aber immerhin. Zu Buffalo Bills Zeiten (aber das hatte sie nicht in den *Eisenbahnpiraten* gelesen, sondern irgendwann in einem Magazin in der DB Lounge) wurde aus den Zugfenstern geballert, bis die Büffel ausgerottet waren. Das käme vielleicht auch heute gut an, die Fahrgäste aus den Fenstern ballern zu lassen. Sieht man so einige Visagen im Zug, die wärn sofort dabei. Aber ICEs fahren zu schnell, als dass sie öffenbare Fenster haben dürften und träfe man bestimmt keinen einzigen Büffel in so happigem Tempo, geschweige denn ausrotten.
Einige schossen wohl auf ihren Smartphones nach Büffeln. Oder dergleichen. Zweifellos ein Fortschritt, nur durchs Smartphonefenster Büffel zu erschießen.
Dann las sie *Lassiter stoppt den Höllenzug*, gefiel ihr schon besser.
Ein Wetter im Wilden Westen, ein anderes Wetter in der vorüberfliegenden Landschaft, gar kein Wetter im

ICE 79. Die Klimaanlage funktionierte. Nicht immer so in den ICEs. Wenn die Klimaanlage nicht funktionierte, gabs Ärger: Zu heiß! Zu kalt!
Im ICE 79 erfüllte die Klimaanlage ihr Versprechen: der Zug ein Ort ohne Jahreszeiten, wie ein Einkaufszentrum. Oder wie das Büro, in einem früheren Leben. Von dem alten Witz hielt sie nichts, den ihre Großmutter schon mit der Reichsbahn erzählt hatte, die Bahn habe nur vier Feinde, nämlich Frühling, Sommer, Herbst und Winter. Der Zug fuhr sie sicher durch die Jahreszeiten, Woche um Woche. Statt Jahreszeiten Wochentage. Jeder Tag ein Siebtel ihrer wöchentlichen Route. Ihres Kreisverkehrs.

Plemplem gabs nicht. Gutes plem, schlechtes plem. Das ging nicht zusammen.

Während sie dämmerte, stapft Lassiter durch den Zug. Breitbeinig, wie es seine Art ist.

Die Landschaft flog vorüber. In keinem einzelnen Ding versinken, weil jedes zu schnell vorbeizieht. Aber versinken in der Gesamtheit der Dinge.

Spazierte, als sie wach war, selbst durch den ICE 945. Blieb im grauen Gummi zwischen den Wagen stehen, in den Akkordeonfalten, und lauschte aufs Knarzen und Knirschen, etwas anderes als Rattern und Quietschen des Fahrens, hörte nur sie das? Die Quetschigkeit des

Raums. Der Zug ist innen hohl, wie ein Instrument. Ähnelte auch dem Rauschen im Halbrund Luft, wenn man mit der gewölbten Hand das Ohr zuhält, oder sogar dem Verschwinden aus der Welt als Kind, eins hängt mit dem andern zusammen. Im EC 171 hingegen war das Akkordeon aus Stahl, der sich schreiend über- und untereinander schob, und die Quetschigkeit so ein Verschieben, und gleichzeitig spürt man und hört und sieht die Luft unter dem Zug und die Gefahr. Der ICE 945 war dicht.

teilweise zu Studienzwecken, teilweise aus anderen, mir selber nicht recht erfindlichen Gründen, hatte sie in einem anderen Buch gelesen, das sie aus der Bücherzelle mitgenommen hatte, das hatte einen weißen Kindprinzen in einer Graswelt auf dem Umschlag und hieß *Austerlitz* und sie verstand nichts, machte sie plem, aber schwer beeindruckend, aus ihr selber nicht recht erfindlichen Gründen.

Gold einsammeln statt Büffel erschießen, das gefiel ihr. Hatte mal neben einem Kind gesessen, das peste auf dem Tablet mit so einem Schlaks über die Gleise und im Zickzack um Züge und sammelte alle Goldmünzen ein, mal wurde er von einem dicken Polizisten gejagt, mal von einem riesigen Hund.

Bewaldete Hänge. Sommerliche Wiesen. Große Pfützen, Schlammtümpel, es regnete viel. Ein Kreisverkehr, in dem der Verkehr sich staute. Sich ringelnde Landstraßen.

Pferdekoppeln. Buchenwälder. Windräder: Schafe mit drei Ohren, manche drehen den Kopf, manche schlafen im Stehen. Später ein Tanz von zwei, vier, sechsarmigen Strommasten. T-Kreuze die zweiarmigen.

Dicke Maisfelder, gelbe Rapsfelder. Die riesigen Felder im Osten, das Gefrickel im Süden. Solarfelder. Üppig grüner Hopfen an Drähten, Weinberge. Umgestürzte Bäume an Wasserläufen, in der *Frankfurter Allgemeinen* stand was von Biberplage.

Entvölkerte Landstriche, aufquellende Städte.

Mehr Land als Stadt.

Wände. Wälle. Dämme.

Tunnel rein, Tunnel raus. Tunnel rein, als flöge man ins schwarze Maul eines Tiers, hört den Körper des Tiers laut rauschen. Oder das Schwarz des Tunnels, das schlagartig losdröhnt. Tunnel raus. Und anderes lautes Rauschen, wenn ein Zug entgegen vorbeifährt, ein Wirbel von zwei Tieren im Kampf.

Folge treu dem alten Gleise,
wähle keine Heimat nicht.

Hereinbruch der Jahreszeiten, wenn die Klimaanlage funktionierte, aber der Zug liegenblieb beim ersten Schnee oder Hauch von Unwetter, oder wenn die Klimaanlage ausfiel von zu großer Hitze. Plötzlich Winter, Herbst, Sommer. Der zerbrochne Zug.

Im EC 173 hingegen war ein Wetter: dasselbe wie draußen, nur zugiger. Die Seiten der *Neuen Zürcher Zeitung* (wer liest die bloß hier im Osten und lässt sie dann noch liegen) flatterten im Fahrtwind, die Fenster heruntergezogen, um die Hitze aus dem Wagen zu blasen. Sie mochte die älteren Züge, die auf dieser Strecke öfter fuhren, in denen konnte man noch die Fenster öffnen.

Im ICE, andererseits, spürte man stärker dieses hehre Wunderzaichen, dass im fliegenden Raum die Gegenstände mitfliegen, ohne sich zu bewegen.

Eine leere Flasche rollte durch den Wagen, schwupps fing sie sie ein wie der Orca den Rochen, als sie unter ihrem Sitz durchkam: eine Bierflasche mit Bügelverschluss, macht fünfzehn Cent statt acht. Was im Rochen die Leber, ist in der Flasche das Pfand. Denn Rochenleber, sowas lernt man aus der *Neuen Zürcher*, reißt der Orca heraus, weil sie Squalen mit Betonung auf e enthält, und hat die Leber einen Bügelverschluss, fast doppelt so viel. Menschen jedoch kriegen vielleicht Golfkriegssyndrom von Squalen mit Betonung auf e, das ist noch nicht abschließend geklärt. Sie steckte sie in die Tüte unter dem Sitz, in der schon ein paar Flaschen waren. Immer schön unauffällig, zwecks Nichtanecken. Eine Rakete namens CRS-11 war ins Weltall geschossen worden. In den Vereinigten Staaten drängen neue synthetische Opiate auf den Schwarzmarkt – mit tödlichen Folgen. Ein Warnschuss gegen den Zwergriesen, und der war Katar, es schossen Saudi-Arabien und seine Verbündeten. Die Nashville Predators stehen im Stanley-Cup-Final. In London war vor einigen Tagen ein Kleinlaster in eine Fußgängermenge gerast. Eigentlich war ja nicht der Kleinlaster hineingerast, sondern jemand hatte ihn hineinrasen lassen. Was im Rochen die Leber und in der Flasche das Pfand, ist offenbar im Passanten das Heil, das ein zu Tode Frustrierter aus ihm herausreißen kann, ums sich einzuverleiben. Einzuverseelen. Kam jetzt öfter vor, das Hineinrasen von Autos in Menschenmengen, es wurde gefordert, die Gehwege mit Betonpollern zu schützen.

Wurde man plem beim Zeitunglesen, plem im schlechten Sinn. Da legte sie die *Neue Zürcher Zeitung* beiseite und blickte lieber wieder aus dem Fenster. Lieber keine Seele als aus Passanten das eigene Heil herausreißen. Seelensqualen.

Schnurbrave Reihen von Bäumen zwischen Wiesen und gekämmten Feldern. Die Bäume sahen aus wie eingesteckt in die Erde und sind sie ja auch. *Wer hat dich, du schöner Wald.* Wer in diese Alleebäume rast, erledigt nur sich selbst. Hier und da funkelte in der Morgen- oder Nachmittagssonne an einem Baum ein

Kreuz. Dennoch ein heilloser Anblick. *Lebe wohl, du schöner Wald!*

Jahreszeiten im Zug: dass auf ihrer Route Woche für Woche die Sonne an einem späteren Punkt aufging und an einem früheren Punkt unter. Letzte Woche am Stadtrand, heute bei den Schrebergärten, nächste Woche am See. Badende, noch.

Ferne Häuser mit klitzekleinen, sperrangelweiten Fenstern. Wie wurde darin wohl gelebt: zufrieden, entmutigt? Unbeteiligt am eigenen Leben? In diesem oder jenem Haus ein ungewöhnlich großer Schmerz, eine außergewöhnliche Freude?
Nicht übel, von ferne in Häuser zu schauen, ohne je etwas aus ihnen erfahren zu werden.
Überall wurden ja neue Häuser gebaut. Feste Behausungen, traute Heime, Glücke alleine, sichere Zuhauses. In den Zeitungen stand, es würde viel zu wenig gebaut, außer Luxussegment. Aber wurde doch überall gebaut.
Nicht für sie. Ich möchte lieber nicht. Hatte sie nur zu sich selbst gesagt und nicht zu Lilo, die ja eigens angereist war, um ihr bei der Suche nach einer neuen Wohnung zu helfen, als der Eigenbedarf über sie gekommen war, ein schon lange baumelndes Schwert, dem der Geduldsfaden reißt. Wollte sie die angereiste Freundin nicht enttäuschen, wenn die ihr nun schon helfen wollte, im bisherigen Leben zu bleiben. Da hät-

te sie nie Hau ab gesagt, zu Lilo nicht. Aber so oder so erwies sich die Suche als schwierig, denn so und nur so ist das jetzt mit den Wohnungen, hatte Lilo gesagt, es sei denn, du ziehst nach Knauzdorf an der Knatter. Und, als sie wieder abreisen musste, noch hinzugefügt, kannst bei mir einziehen, da musst du nur meine Lästerzunge ertragen.
Die lieb ich doch, deine Lästerzunge.
Ich möchte lieber nicht, sagte sie nicht, aber dachte's.
Jetzt rief sie Lilo manchmal an, aus einer Telefonzelle vor dem Freitagsbahnhof, und war selbst durchs Telefon wieder überrascht von dieser tiefen, warmen Stimme, so ganz anders als die Lästerzunge, weich statt spitz.

Scheunen, Hochhaussiedlungen, Reihenhäuser, Burgruinen. Hatte sie plötzlich vor Augen, wie die Erde so voller Gebäude war, als würde sie aus dem Weltall drauf schauen: und kamen ihr alle gemeinsam vor wie diese Bunker, die Hodscha überall in Albanien hineingegraben hatte. Die Einbunkerung.
Manchmal, wenn sie Gebäude sah, und erst recht Menschen, in Autos oder auf Fahrrädern oder ihren Füßen, da war sie überzeugt, dass die Welt das alles gern abschütteln würde und eines Tages wird: Fahrzeuge, Gebäude, Menschen.

Und überall Rehe, überall Kreisverkehre.

In einem Garten auf dem Lande ein hoher Baum mit dichtem Laub, und sie malte sich aus, in diesem Laub säße hoch oben verborgen ein Kind und späht übers Land. Spannte weit seine Blicke aus. Vielleicht um Büffel oder Orcas zu erschießen, einfach so zum Spiel, aber in tiefem Ernst. Und freute sich mit diesem Kind, dass es von niemandem gesehen wird, schon gar nicht von ihr.

Rätsel, Märchenpunkte: etwa das rosafarbene matte Leuchten aus einem Kiefernwald, den sie jeden Donnerstag passierte. Etwas Großes, Flächiges, aber was? Zuerst hatte sie eine Art Lunapark mitten im Wald vermutet, aber nicht recht gewusst warum und war auch abseits von jedem größeren Ort.

Eine Industrielandschaft mit vielen Schornsteinen, die zwischen Hügeln in die Luft ragten, sie dachte an Nadelkissen, ein großes Nähkästchen, durch das der Zug fuhr.

Staunte über die Autos auf der Autobahn, die der ICE 215 überholte: diesen emsigen Ameisenverkehr, dass die alle von hier nach dort fahren. Als Kind hatte sie einmal bestürzt vor einem Ameisenhaufen gestanden, bestürzt über dieses sinnlose Funktionieren. Ebenso erstaunlich die Autobahnen, der Mensch. Diese fahrenden Bunker. Die tätige Bewegung, um nicht verrückt zu werden? Aber warum denn nicht verrückt werden? Weil es weh tun könnte? Und wenn man in Bewegung verrückt würde?

Erst recht die Menschen in Zügen, die Menschen auf Bahnsteigen.

Eine Frau mit flauschigem Nackenhörnchen, die ein belegtes Schwarzbrot aß, die Backen voll, ein großer Reisehamster mit Halswulst: der wird ihr durch den Winter im Wald helfen. Auf einmal das ganze Großraumabteil am Kauen, lauter Wiederkäuer auf einer Zugweide.

Aß ein Stück Kirschkuchen.

Anderswo stehende Züge voller neuer Autos, in zwei Etagen, einige verpackt, andere nicht, eine Pralinenschachtel. Ruhe. Wieder anderswo ein Güterbahnhof voller Container mit chinesischen Schriftzeichen. Eines Tages, stellte sie sich vor, würden die Menschen in solchen Containern wohnen, die durchs Land gefahren werden. Und vielleicht, wer weiß, verschifft.

Am liebsten sah sie vorüberfliegenden Vögeln nach. Der Anblick von vorüberfliegenden Vögeln ist niemals langweilig. Fliegen auch im Sitzen, Stehen, Gehen vorüber. Die plumpen Rebhühner auf Wiesen und Feldern, in der Nähe von Hecken. Bussarde auf Masten, Pfählen, Bäumen. Auf Heugarben und Strohballen, liegenden

Zylindern, gestapelten Würfeln. Schwarze Raben und Scharen von Krähen. Helle Scharen von Möwen über Stoppeläckern und Mülldeponien. Alle Vögel fliegen vorüber. Und Vögel standen in der Luft und fliegen dort vorüber, wenn draußen Frühjahr ist oder Herbst: Gänse am Himmel, in Pfeilformationen und Keilformationen mit ungleichen Schenkeln. Im längeren Schenkel zu fliegen, das wär schön. Kein Gänseblick, ohne an Nils Holgersson zu denken. Das hatte sie als Kind so gern gelesen.

Doch als sie den großen Vogel, wars ein Rotmilan oder eine Gabelweihe, in der Nähe des Windrads sah, das sich drehte, da dachte sie an den Tod.

Auch das Rebhuhn stirbt aus, hatte vor einiger Zeit in der *Frankfurter Allgemeinen* gestanden, wo so ein guter Vogelkundler schrieb.

Sie wollte das Windrad näher betrachten, da war es längst schon weg. Und tröstete sich, indem sie im Angesicht eines endlosen Schallschutzwalls an die Kraniche dachte, die sie gesehen hatte. Der Winter vor dem Fenster ging damals gerade zu Ende, ihr erster im Zug, die Kraniche aber waren schon wieder auf dem Weg nach Norden oder hatten gleich hierzulande überwintert, weil es nicht mehr so kalt wurde wie früher. Hatte auch in der *Frankfurter Allgemeinen* gestanden. Nie hätte sie früher gedacht, dass es so viele Kraniche gab.

Ob die Kraniche von den Bahnhofstauben wussten? Was sie über die dächten, wenn sie dächten? Über diese peinliche Verwandtschaft? Würden sie sie freundlich anblicken oder hart?

Jetzt sah sie manchmal, wenn kein Schallschutzwall den Blick versperrte, Störche vorüberfliegen: im Gras, auf Dächern. Auf unsrer Wiese gehet was, watet durch die Sümpfe: Nein, das ist die Störchin.

Die ersten Störche dieses Jahr schon Ende Januar. Vielleicht Anfang Februar, naja. Als wär die Welt aus den Fugen.

War sie ja auch, stand in der *WELT*. US-Polizisten erschießen schwangere Afroamerikanerin. Zehntausende Schüler von Mobbing betroffen. Badelatschen mit Sportsocken sind der heißeste Trend der Saison in Frankreich. Welt-Giraffen-Tag in Hellabrunn, auf der Elbe fahren kaum Schiffe, in Pakistan herrschen vierundfünfzig Grad.

Aber ihr Sitznachbar sagte, die Zeitungen lögen allesamt, die Wahrheit finde man im Internet, wenn man nur wisse wo, aber aufgepasst, flüsterte er, doch so als wollte er schreien, beugte den Kopf dabei vor und spitzte den Mund wie zu einem langen Schnabel: die Wahrheit werde verfolgt.

Als er ausgestiegen war, fragte sie sich, ob das stimmte. Sie wusste nicht, ob die Zeitungen logen. Aber in der *Frankfurter Allgemeinen* waren die Fotos schöner als in der *Süddeutschen*. In der *Frankfurter Allgemeinen* sahen die Fotos aus wie hinter einem geputzten Fenster, in der *Süddeutschen* wie hinter einem schmutzigen Fenster. Nur welche waren echter? Das Internet aber kam ihr

vor wie dieses Bild, das sie in Wien gesehen hatte, wo sie mit einem älteren Kollegen ins Museum gegangen war. Der Kollege erinnerte sie an Knäckebrot, war etwas Trocknes in ihm gewesen, das bröselt, wenn mans knackt, und hatte nur zwei Leidenschaften gehabt, was ja eigentlich ungeheuer viel ist, nämlich Ketterauchen und Kunstgeschichte, und sie beide hatten die Gemeinsamkeit, dass sie keine Leidenschaft fürs Reisen hatten, als Einzige im Büro. Da hielten sie sich auf der jährlichen Büroreise gern beieinander. Er hatte ihr wie immer einen Vortrag gehalten (von dem sie nur die Hälfte verstand), bis die Gier nach einer Zigarette ihn aus dem Museum raustrieb. Das Bild sah auch aus wie durch ein schmutziges Fenster. Da watschelten böse Kopffüßler herum und durchbohrte Eierwesen und Gestalten mit Fasanenfedern und langen Schnäbeln und riesigen Messern, die mussten alle von rechts herausgekrochen sein, da war es rot wie Feuer und Blut und grün wie giftige Fische und schwarz wie die Pest, das war das eigentliche Internet, und sie war nicht mehr sicher, ob es von Bosch war oder Breughel oder jemand anders. In der *Süddeutschen* las sie einmal von den Legionen von armen Menschen, die den ganzen Tag im Internet solche Dinge suchen und auslöschen mussten, abgeschnittene Köpfe und durchbohrte Körper und Gift und Pest, aber es wuchs immer vielfach nach. Eine Hydra, oder Reiskörner auf dem Schachbrett, die sich in jedem Feld verdoppeln.
War das die Wahrheit, die der schreiende Flüsterer

meinte? Aber ihm wuchs ja selbst dieser lange Schnabel.
Wie harmlos dagegen die schrägen Vögel auf den Straßen! Geduckte Nacken, signalbunte Federkleider. Diese Scharen von Kanarienvögeln glichen einander in ihren gelb orange rot leuchtenden Windjacken. Ein bestimmter fiel ihr immer wieder auf, den sie seit Beginn des Jahres sah, seit den ersten etwas wärmeren oder zumindest nicht mehr frostigen Tagen, wenn der Zug aus einer dieser großen Städte herausfuhr: auf seinem zebrastreifigen Rennrad, mit seiner besonders schlechten Haltung, wie so ein ? oder ß, auweia. Und dachte immer, der hat sowas Angefochtnes und Gehetztes mit seinem unförmigen Gestrampel, wovor der wohl wegfährt. Den sah sie meist über die großen Tannen eines vertrauten Friedhofs hinweg, auf einer Art Damm. Jetzt, da draußen Sommer war, rollten die Radscharen darauf zur Stadt hinaus.

Der Kollege, der wie Knäckebrot war, lebte schon paar Jahre nicht mehr, er war bereits vor der Schließung des Büros gestorben.

Radfahrer, Häuser.

Alle Vögel waren stumm. Kein Mucks des Rebhuhns im Angesicht seines Aussterbens. Kein Mucks des Bussards. Kein Mucks der Raben, Krähen, Möwen. Kein Mucks der Gänse am Himmel. Die ganze Welt, auf die

sie durchs Fenster blickte, stumm. Schön und schrecklich stumm.
Stattdessen hatte sie, auch im summenden Abteil, das Gurren der Bahnhofstauben im Ohr.

Diese Stummheit. Beschaulichkeit, Totenstille. Manchmal war sie froh, dass da draußen diese Wände, Dämme, Mauern sind. Denn die Welt ist voll von zwei Dingen, die so groß sind, dass sie einen zerreißen würden, kämen sie in ihrer ganzen Größe über einen: das *Geheimnis* und die *Gleichgültigkeit* der Welt. Wenn da die Mauern wegbrächen, wenn der Vorhang wegflöge --- da flöge einem die Welt krachend um die Ohren.
Als flöge sie nach Haus.

Autofabriken, Parkhäuser, viereckige Forellenteiche, unsichtbare Tiere im braunen Quadrat. Fischkapseln.

Rehe gläsern im frühmorgendlichen Gras. Schauten aufgescheucht herüber, aber rannten nicht weg. Scheinen zu zerbrechlich für diese Welt. Oder als verbluteten sie im Stehen.

Hast ein Reh du

Wenn die Sonne sie blendete, zog sie den Sonnenschutz herunter. Bei Ankunft des Zugs wurden viele Fahrgäste erwartet. Auf sie wartete der Anschluss.

Vor dem Umsteigen jedes Mal bisschen Bammel, immer noch. Den sicheren schwankenden Boden verlassen, den gefährlichen festen Grund betreten.

Mittwochs kam sie an einem Klavier vorbei. Das stand in einer Bahnhofsvorhalle und in gülden geschwungener Schrift *Blüthner* auf dem Nabel, Kulturjahr so einer mittleren Stadt. Manchmal spielte jemand Flohwalzer drauf oder haute ein Kind, und einmal ein graumelierter Herr perlfein Chopin oder was, schimmrige Nachtmusik im taghelllichten Bahnhof. Aber meistens war das Klavier wie ausgestorben und öfter auch der ganze Bahnhof. Hatte sie anfangs überlegt, sich mal ranzusetzen nach, au weia, halbem Jahrhundert, so lange sich schon an kein Klavier mehr gesetzt, aber hätte sich hier viel zu bemerkbar gemacht. Und ging lieber dran vorbei, Mittwoch für Mittwoch.

Ein Junge dribbelte mit seinem Fußball durchs Großraumabteil. Kam langsam den Mittelgang entlang, vielleicht zehn Jahre, zottlige blonde Haare und rotweiß gestreiftes Trikot, auf dem *Griezmann* stand und eine blaue 7. Sie sah ihn von hinten, als er leise schnaufend an ihr vorbeigezogen war, er bewegte sich gegen die Richtung des Zugs. Wenn der Zug stark ruckelte, musste der Junge aufmerksam das Gleichgewicht halten. Einmal, als ihm der Ball unter die Sitze gerollt war, blieb er stehen und versuchte, ihn mit der gestreckten Fußspitze wieder hervorzuholen. Er bückte sich nicht, berührte den Ball nicht mit der Hand, Mund einen Spalt offen. Leicht bescheuert sah das aus, bescheuert vor Konzentration. Ein entgegenkommender Mann blieb bei dem Jungen stehen und fragte ihn, ob er helfen solle.

Der Junge antwortete nicht, sondern quetschte sich, als er den Ball wieder hatte, an dem Mann vorbei und dribbelte langsam aus dem Wagen hinaus.

Der Mann sah dem Jungen nach, auch sie sah dem Jungen nach. Dann ging der Mann lächelnd und kopfschüttelnd weiter. Ein freundlicher Mann, nicht ohne einen Hauch von Härte. Nach zehn Minuten oder einer Viertelstunde (was sind Minuten und Viertelstunden) kam der Junge zurück und dribbelte wieder durch den Wagen, diesmal auf sie zu und leise schnaufend an ihr vorbei. Der Ball rollte jetzt in der Fahrtrichtung, das schien leichter zu gehen.

Anderer Zug, anderes Großraumabteil, ein Kleinkind, vielleicht zwei oder drei, das freihändig den Mittelgang entlangtorkelte. Die Fahrt war wacklig, das Kleinkind schwankte nach links und rechts. Ohne zu stürzen, ohne sich festzuhalten.

Die Mutter ging langsam hinter dem Kind. Ermahnte es, sich festzuhalten. Aber das Kind beachtete seine Mutter nicht und torkelte weiter voran.

Der Anblick des Kindes machte sie stark.

Und spielte am Freitagnachmittag Backgammon mit dem Mann, der nicht lächelte und in der Nase bohrte und ein Lehrer war, der zu seiner Freundin fuhr.

Dann braute sich am Himmel wieder was zusammen. Die Welt wurde schwarz ohne Nacht. Die Schwalben tief und stumm in der Luft. Die Badenden von den Seen verschwunden, die radelnden Kanarienvögel mussten untergeschlupft sein.
Gewitter über Gewitter in diesem verregneten Sommer da draußen. Durchs Fenster nicht zu hören. Sommer der stummen Gewitter.

Ihr gegenüber vier Asiaten, Japaner vielleicht, mit Mundschutz, oder nicht vier, sondern zweimal zwei, Paarkapseln, die schweigend aus dem Fensterquadrat schauen.

Als sie dämmrig wurde, schloss sie einen Augenblick lang die Augen, und da ist es einen Tag voraus in der Zukunft, genau einen Tag voraus, und dann gab es einen Ruck, und sie machte die Augen wieder auf, und da war derselbe Moment wie zuvor. Sie stand auf, ihre Beine waren eingeschlafen und kribbelten und prickelten wie getackert, und ging sich die Zähne putzen, gegen den säuerlichen Geschmack im Mund nach dem Weggenicktsein. Musste sie mehr turnen für die Durchblutung.

Und machte das Dösen und Einnicken Minuten zu Stunden und zerdehnte und teilte die Tage. Stundenlange Löcher in den Minuten. Dämmern, Dämme.

Irgendwann begann die vorüberfliegende Landschaft zu sprechen (nahm ihren Mundschutz ab). Sie aber, auf ihrem Platz am Fenster, wieder dämmrig geworden, der schwere Kopf federleicht, spürte in sich ein Fenster sich öffnen: in meine Seele, dachte sie da. Spannte weit ihre Flügel. Und schämte sich für das unheimliche, lächerliche, schöne Wort *Seele*, das sie so gern hatte. Als Kind schon gehabt, als sie auch gern in die Kirche gegangen war, da hatte sie sich unter der Seele ein wunderbares Gespenst vorgestellt, das in ihm, dem Kind, innen drin wohnt; manchmal war ihr die Seele auch wie ein kleines Männchen vorgekommen, das ihr im Ohr sitzt und ganz leise pfeift und immer mit ihr geht – aber waren ja immer eins, sie und die Seele, und doch saß sie ihr leise, fast unhörbar pfeifend im Ohr. Jetzt gabs Seelen im Backshop, auf den schweren, unfreundlichen Bahnhöfen. Schwäbische Seele, außen knusprig, innen fluffig. Kaufte nie eine Seele auf dem Bahnhof, sie kaufte gar nichts, wenns nicht sein muss. (Und wenn, weil man ja auch nicht verhungern will, dann *vor* dem Bahnhof, wo es billiger ist.) Aber sie schämte sich nicht sehr und auch nur kurz für das unheimliche, lächerliche, schöne Wort, sie hatte ja etwas anderes zu tun: der zu sprechen beginnenden Landschaft zuzuhören … spricht der Fluss: *Pferd durch Glas*. Ihr wollt also wissen, sagte das stille, für sein Alter kleine Mädchen, woher diese leuchtenden Narben auf meinen Beinen stammen? Gut, erzähl ichs euch. Es war ein wunderschöner, sonniger Tag und ich eine Reiterin. Ich bin damals, ich war zehn oder elf Jahre alt und also ein Kind, oft an der Aa entlang geritten, diesem Fluss mit dem geheimnisvollen Namen, den ich nur von Landkarten kannte, immer den geheimnisvollen Fluss Aa entlang. Windmühlen auf grünen Wiesen gabs da, dunkle Felsenklüfte und alte Schlösser mit abgebrochnen Türmen. Auf dem Pferd wollte sonst niemand reiten, weil es zwei kurze Beine hatte, die rechten kürzer als die linken. Es hieß Sebastian, jetzt fällts mir wieder ein. Ein Zelter wars, wisst ihr noch, was das ist, ein Zelter? Ein Ritterpferd, ein Gangpferd, aber Sebastian hatte zu kurze rechte Beine. Als ich ihn zum ersten Mal sah, tat er mir so leid, soooo leid, denn keiner vom Hofe mochte auf ihm reiten. Reiterhof, nicht Königshof. Und hatte so große traurige Augen deshalb, darum bin ich mit ihm zwei, dreimal in der Woche an der Aa geritten. Zuerst hab ich mich beinah übergeben müssen, weil es auf Sebastian so geschaukelt hat. Das Reiten auf ihm war unbequem, obwohls doch ein Zelter war, aber mit der Zeit hab ich mich dran gewöhnt. An diesem wunderschönen, sonnigen Tag aber war das Wasser in der Aa auf einmal verschwunden und, wo Wasser gewesen war, nur noch ein Glasfluss zu sehen. Ein endloser Scherbenstrom, der in der Sonne gefunkelt hat. Ich wusste, dass es flussaufwärts eine groooоße Glasfabrik gab, die

hieß HERR & SÖHNE, da muss es hergekommen sein. Sebastian war auf einmal wie vom Hafer gestochen, ich weiß nicht, was er in diesem Glasfluss erkannt hat, jedenfalls zog es ihn in den Scherbenstrom hinein. Und mich mit ihm. Ich war wie hypnotisiert, und anstatt ihm eine Parade zu geben, hab ich mich einfach von ihm in den Scherbenstrom hineintragen lassen. Als ginge es nicht anders. Und wir haben nichts, nichts gespürt von den Scherben. Auch Sebastian spürte nichts, das weiß ich, denn wir waren eins. Eins. Und erinnere mich, während wir inmitten des Scherbenstroms trieben, sah ich rings um mich her halbe Blumen treiben, zerrissne rote und blaue und gelbe Blüten, halbe Stängel, Blätterstücke, alles aus zerbrochnem Glas. Ich weiß nicht, wie lange wir so mitgetrieben sind, jedenfalls kamen wir erst im Aasee allmählich zum Stehen, inmitten der Glasscherben, ich auf Sebastian und mit blutenden Beinen, aber ich spürte nichts.
Daher also stammen die leuchtenden Narben auf meinen Beinen, sagte das stille Mädchen, spricht der Fluss, sprach die Landschaft.

In so ein schönes Dämmern fiel sie oft, wenn sie lange aus dem Fenster blickte. Das schönste plem im guten Sinn. Ging eins nahtlos ins andre über, kaum zu sagen, wo Hinausblicken aufhört und Hineinschauen anfängt: Dämmerstündchen zwischen Wach und Schlaf, in denen der Bildersalat aus Eindrücken und Erinnerungen zu hellen Träumen wird: *Fernen der Erinnerung, Wün-*

sche der Jugend, der Kindheit Träume kommen, des ganzen langen Lebens kurze Freuden und vergebliche Hoffnungen kommen in grauen Kleidern, wie Abendnebel nach der Sonne Untergang.

Auweia, aber so stehts geschrieben im kleinen dicken gelben Buch, das sie im Schummerlicht las.

Wenn sie sich an etwas erinnerte, kam ihr das nicht wie Vergangenes vor, sondern wie Halluzinationen.

Oder wie die aufgespießten Schmetterlinge im Buch des knittrigen Nachbarn, der den Fuß nachzog. Das Fußnachziehn komme vom Krieg, hatte ihr Bruder gesagt, heute dachte sie, es musste der erste Krieg sein, weil der Nachbar ja schon so alt gewesen war. Oder war er ihr nur so alt vorgekommen? Sie hatte sich dieses nachgezogne Bein vorzustellen versucht, dachte es sich löchrig und zerstört in der Hose. Manchmal waren sie zu ihm gegangen, eine bröcklige Treppe, bröckliges Haus, hatten geklopft und gefragt, ob sie das Buch mit den Schmetterlingen ansehen dürften, da hatte er sie immer reingelassen und ihnen Limonade gemacht. Sie durften das Buch allein anschauen, er war immer freundlich, aber redete wenig. Es gab keine Frau in seinem Haus. Und einmal zerfiel ein Schmetterling zu Staub, als sie ihn heimlich herausnahmen, ihr Bruder und sie. Aber das war bloß ein Traum gewesen.

Sie suchte ihre Erinnerungen nicht gerade auf, aber manchmal fiel was vom Himmel und ihr ein, oder sie erzählte was, wenn sie sich mit Bekannten im Zug unterhielt.

Denn sie war ja nicht abweisend, sondern gesprächig und gesellig. Es sei denn, man kam ihr schrecklich, dann freilich musste sie ja das Schreckliche anschreien: Hau ab! Aber schrie nicht gern. Wo die Welt so voll von Geschrei ist und wird immer voller. Lieber würde sie singen. Aber konnte nicht gut.

Oder verschwinden. Das hatte sie mal gekonnt. Als Kind hatte sie sich oft vorgestellt, sie wäre plötzlich verschwunden. Einfach weg. Die Welt ohne sie. Und da war sie wirklich verschwunden. In langweiligen Schulstunden dachte sie sich aus, ihr Platz wäre leer. Oder säße ein anderes Kind darauf. Keine Schreckensphantasien waren das, ohne Kinderleichen, keine Schmerzen der Verlassenen. Bloß süßes Verschwinden.

Auf dem Heimweg von der Schule ging sie manchmal ein Stück mit geschlossenen Augen. Auch ihre Freundinnen machten das, aber für die war es etwas anderes, eine Mutprobe, oder eine Vertrauensprobe, wenn eine die andere führte. Sie aber ging länger als die anderen mit geschlossenen Augen, unverletzlich wie sie war, weil es sie ja nicht gab. Und weil sie länger als die anderen ging, galt sie als die Mutigste; obwohl sie klein war und ziemlich still; oder gerade deshalb.

Sie hatte einige Freundinnen, denn war schon damals nicht abweisend, sondern gesprächig und gesellig. Es sei denn, das Leben kam ihr schrecklich.

Nur einmal war sie grundlos abweisend gewesen und hatte mit ihrer Phantasie Schrecken und Schmerzen in die Welt gebracht. Es musste noch vor dem Schulalter gewesen sein, da hatte sie sich im Kleiderschrank ihrer Mutter versteckt. In der Dunkelheit war ein warmer, stoffiger Geruch. Sie hörte, wie ihre Mutter sie suchte, später auch der heimgekommene Bruder. Wo kann sie nur sein? Machte keinen Mucks. Hielt sich die Hand vors Ohr, dass da dieses Rauschen war. Gab es sie jetzt nicht mehr? Oder gab es die Welt nicht mehr? Und war das möglich, ist da noch dieser warme, stoffige Geruch, wenn es die Welt nicht mehr gibt?

Was ist nur in dich gefahren, fragte die Mutter sie, als sie endlich herausgekommen war. Was war da nur in sie gefahren?

Das war kein süßes, sondern bitteres Verschwinden gewesen. Das hatte sie nicht gemocht und darum nicht wieder.

Häufiger noch als das süße Verschwinden aber war das schöne, das herrliche Da-Sein. Beim Reiten. Oder wenn sie durch den Wald streifte, der nah bei ihrem Haus war. Oder wenn sie in die Kirche ging und mit ihrem freundlichen Gott sprach.

Ihre Kindheit war Verschwinden und Reiten und Beten gewesen, an diese drei erinnerte sie sich am liebsten.

des ganzen kurzen Lebens lange Freuden

Musste nur manchmal, wenn sie sich mit Bekannten unterhielt, sich selbst dran erinnern, laut und deutlich zu sprechen, zu Beginn redete sie nämlich oft zu leise und murmelte fast, weil sie so viel mit sich selbst war und nicht erst, seit sie im Zug lebte, sondern stand und ging schon jahrelang allein im und durchs Leben und nicht mal unerwünscht. Aber schaltete sich für Bekannte schnell wieder in Gesprächslautstärke.

Leichtes Dösen. Träume von Wasseroberflächen, über die der Zug gleitet, und nur leises Grummeln aus Fahrt und Stimmen. Dazwischen manchmal ein helles Klängchen: Mama, wann sind wir da? Oder ein wimmerndes oder schreiendes Baby. Oder laute Durchsage: UNSERE WEITERFAHRT VERZÖGERT SICH usw. Schaffner aber ließen sie meist einfach dösen, vielen war sie ja bekannt und lieb.

Dann wieder Lesen. Seitenlang kein Wort, das ihr was sagte, auf einmal aber ein Vers aus heiterem Himmel zum Herumkauen die ganze Nacht: *Scheuen mich die Geister nicht.*
Die Gedichte im kleinen dicken gelben Buch waren ihr nichts Gedichtetes und Abgedichtetes, sondern eine lose Ansammlung von Sprüchen, Versen, Wörtern. Darin stöberte sie wahllos. Bis sie was auflas und las es immer wieder.

Scheuen mich die Geister nicht. Scheu wie ein Reh im Gras, scheuende Geister wie Pferde. Stilles Scheuen, lautes Scheuen. Ich möchte lieber nicht, hau ab. Aber nicht mich und vor mir, und als es sie juckte an der Seite im Lauf der Nacht: scheuern mich die Geister.

Und betastete ihr großes, ausgetrocknetes Ohr. Ein verwelktes Blatt. Ein Baum im Herbst zu sein, bald fielen die Blätter von ihr ab.

Landschaft, Seele.

Samstags im ganzen Land stumme Fußballspiele.

Der Regen tropfte an die Scheibe und zog Schlieren, während der ICE ohne zu halten durch die kleine Stadt flog, in der ihr Vater begraben lag.

Landschaft zog Schlieren. Die Landschaft an manchen Tagen ein immerzu sich aufziehender Vorhang, an andern Tagen ein immerzu sich zuziehender.

Geheimnis und Gleichgültigkeit der Welt.

Dann aber auch Stunden und Tage, in denen der Zug bloß gegen sie ratterte. Ein ausgedehntes Rädern, und weglaufen kann derjenige nicht, der aufs Rad geflochten ist. Seine Schreie verhallen, egal ob gehört oder ungehört. Bekam nicht mit, was sie las, bekam nicht mit, was sie sah, bekam nicht mit, worüber sie sprach, und die Träume waren leer. Alles Atemnot, Schwere.
Also, das Zugfahren allein machte noch nichts leicht, aber es erleichtert doch das Leichtwerden.
Kuchen half manchmal, oder Turnen.

Und manchmal Schreien. Hau ab, schreit sie, wenn jemand ihr zu nahe tritt, wie es einmal einer der Unbehausten, Unerwünschten in einem Bahnhof tat. Oder einer ihrer Wohltäter, nachdem er sie, sie kannten sich vom Sehen, ins Bordrestaurant eingeladen hatte. Legte ihr die Hand aufs Knie und fast schon auf den Schenkel. So ein gepflegter älterer Herr an sich. Als er sich in der nächsten Woche fürs Aufdringlichsein entschuldigen wollte, da schrie sie wieder: *Hau – ab!* Kein Vergeben, kein Vergessen, wenn ihr einer zu nahe tritt, soll er sie doch für plem halten. Und schrie nochmal: Hau ab! Und sah ihn nie wieder, er nahm vielleicht einen andern Zug. So mächtig konnte sie sein.

Und hatte wie ein Tier geschrien, als vor ein paar Wochen nachts der mit dem wahnsinnigen gleichgültigen Blick über sie gekommen war. Aber über den war sie auch weg.

Wenn nur keiner nach ihrem Eigentum griff, nach den lebensnotwendigen Habseeligkeiten. Bevor sie ins Dämmern fiel, versicherte sie sich immer, dass der Riemen ihrer Tasche ums rechte Bein lag. In der Tasche war ihr ganzes Eigentum: Jeans zum Wechseln, roter Pulli, zwei T-Shirts, zwei Unterhosen, zwei Paar Socken. Ganz unten eine Thermojacke, dicke Socken, Mütze für kalte Abende auf Bahnsteigen. Außerdem Handtuch, Waschlappen, Necessaire mit Kamm, Nähzeug, Pflastern, die Zahnbürste und Zahnpasta immer griffbereit, und obenauf eine leichte Jacke für alle Tage, an der sie manchmal die Knöpfe wieder festnähen musste. Ganz unten ein zugetackerter DIN-A4-Umschlag mit persönlichen Sachen, paar Briefe, paar Fotos, ungeöffnet, seit sie im Zug war. In einer Seitentasche lose Notizzettel, immer zwei oder drei Gutscheine von der Deutschebahn oder Bahnhofsläden, leere Plastiktüten für die Flaschen oder wenn mal was ist, DB-Kuli und das kleine dicke gelbe Buch. In der anderen Seitentasche Besteck, Notration Essen (Päckchen Vollkornbrot, zwei Müsliriegel) und eine Halbliter-Plastikflasche, die sie nicht abgab für fünfzehn Cent, sondern auffüllte für lau an kalten Wasserhähnen. In Bahnhöfen und in den Zügen, auch dieses Wasser war trinkbar, obwohl Aufkleber das Gegenteil behaupten.

Was sie sonst besaß, trug sie am Körper: bequeme schwarze Turnschuhe, Jeans mit hochgekrempeltem Saum, weiten blauen Pulli mit Reißverschluss auf der Brust, dass man ihn bis unters Kinn zuziehen kann. Und unter dem Pulli eine schmale Tasche am Körper, in der Dokumente steckten, Ausweis, Krankenkarte (Gesundheitskarte jetzt, aber sie sagte weiter Krankenkarte). In Sachen Karten- und Dokumentebesitzen hing sie noch ganz im Netz. Auch eine Behausung. Sogar eine Bankkarte hatte sie. Aber wichtiger fürs Wohlbefinden als das Konto mit Mickerrente war ihr die kleine Geldreserve in bar, lauter Zwanzigeuroscheine.

Und die Bahncard 100.

Ernährte sich, weil der Mensch ein Körper ist, der Zufuhr braucht, aber so kostengünstig wie möglich. Öfter auch mal im Bordrestaurant, aber nur auf Einladung eines Wohltäters oder mit DB-Gutschein für Verspätungen. Einmal prasselte der Regen an die Scheiben, der Gutschein war über fünfzehn Euro und der blütenjunge Kellner ein wandelnder Schlaf. Was Hormonelles vielleicht, oder vom Digitalen. Machte sie immer rasend, wenn ein Mann so überaus bedächtig-verschnarcht war. Obwohl sie alle Zeit der Welt hatte, wurde sie da ungeduldig, nur gemotzt hätte sie nie. Endlich konnte sie doch was bestellen, *Maultaschen Schwäbische Art* für zwölfvierzig, ohnehin das einzige Gericht, weil die Bordküche kaputt war.
Möchten – Sie – auch – etwas – trinken?
Nein danke. Und dachte *Maul und Seele*, während sie in den strömenden Regen sah, durch den die Landschaft flog. Zweisechzig blieben übrig, was fängt man damit an, Drehen und Rechnen. Kuchen fielen raus, ab drei Euro. Am Ende ließ sie sich Flammkuchen-Zunge Elsässer Art für zweifünfzig einpacken für nachts oder nächsten Tag, zehn Cent verfielen, das war eine zerbrochne braune Bierflasche für acht und noch paar Scherben extra.

Das Essen im Bordrestaurant machte immer gleich hundemüde und beim Wiederaufwachen schon nicht mehr satt.

Stellte sich, weil der Mensch ein Körper ist, der sich bewegen muss und nicht nur bewegt werden von einem Verkehrsmittel, und zwar bewegen in allen Scharnieren und Gelenken, zum Turnen in den Gang. Immer ans Ende des Wagens, in den breiten Durchgangsbereich zwischen Gepäckablage und Klappsitzen, und turnte da so diskret wie sie Flaschen sammelte, nur, wenn niemand daneben war. Immer die Tasche im Blick. Schulternkreisen, Beckenkreisen, wie vor langer Zeit mal gelernt. Nach einigen Wochen im Zug hatte sie wieder mit dem Turnen angefangen. Hatte sie jahrzehntelang nicht getan, sondern war sommers wie winters mit dem Rad gefahren, das hatte ihr gereicht. Zum Staunen, dass ihr so viele Übungen wieder einfielen, als sie sich zu erinnern versuchte. Bückte sich und ließ die Arme zwischen den Beinen vor und zurück schlackern und dachte an die kleine junge Frau, die sich gebückt und die Arme zwischen den Beinen vor und zurück hatte schlackern lassen. Das leise Ruckeln der Zeit, wenn man in zwei Lebensaltern ein Gleiches tut. Schade, dass sie damals dieses leise Ruckeln nicht gespürt hatte. Hatte auch nicht darauf geachtet, man achtet auf wenig, wenn man jung ist, oder immer aufs Falsche.

Andererseits, sich in der Jugend an die Zukunft erinnern wie im Alter ans Vergangne, das wär nichts.

Sie hoffte, dass es nicht immer doller wurde mit dem Erinnern. Sie erinnerte sich nicht gern. Funktionierte bei ihr nicht, dass Erinnern die Vergangenheit besser macht.

Aber schlimm war die Vergangenheit ja auch nicht gewesen. Nur alles so fremd. Büro. Wohnung. Männer. Die Zeit. Sie selbst. War sie die Fremdlingin im eigenen Leben, wie's im kleinen dicken gelben Buch stand.

Und beim Ruckeln in der Kurve nicht das Gleichgewicht verlieren. Eine Wackelpartie. Strecken, rechte Hand ums linke Handgelenk, eine Fußsohle an den Knöchel des anderen Fußes. Ein Bein heben, am Knie durch die Luft im Kreis ziehen. Vierfüßlerstand linkes Bein, rechter Arm, dann rechtes Bein, linker Arm, aber sowas am Boden nur in fast leeren Zügen.

Gegen geschwollene Beine half das kaum, aber tat dem verspannten Rücken gut, dem Nacken mit dem hartnäckigen Stich. Vom vielen Sitzen, selbst im Schlaf. An sich war sie ja immer gelenkig gewesen.

Und hatte nie diese trockene Haut gehabt. Das kam von der Zugluft und von der Klimaanlage. Und die Verdauung. Halfen manchmal die Flohsamenschalen vom Montagsarzt, der sie zum Essen einlud. Und eben das Turnen. Hatte ja immer eine gute Gesundheit gehabt. Das bisschen Körper, aber gesund, besser gesunder Zwerg als kranker Riese. Um das halbwegs zu erhalten, turnte sie halt wieder. Und hatte vor einiger Zeit einmal einen Turnpartner gehabt. Der war einfach bei ihr stehengeblieben, so ein Rucksacktourist aus Spanien oder Portugal, schwer zu verstehen mit seinem brüchigen Englisch. Vielleicht eher Portugiese. Hatte lange gedrehte Wulsthaare wie sonst meistens Schwarze

und die nur bei Schwarzen gut aussehen, ein Hellhäutiger wirkt damit so ausgewaschen, sogar als Südländer. Zahnlücke und Körpergeruch wie ein Alter, der er nicht war. Vielleicht von der langen Reiserei – der Geruch, aber wer weiß, vielleicht auch die Zahnlücke, passiert allerhand auf langen Reisen. Über ihr eignes Gezahn war sie sicher, aber fragte sich, wie sie selbst roch. Merkt man ja nicht unbedingt selbst. Sie wusch sich allerdings jeden Tag in der Zugtoilette. Die große Behindertentoilette im ICE nannte sie für sich *Bad*. Die Hygienebeutel im Bad brauchte sie schon einige Jahre nicht mehr, ein Glück und praktisch wie kurze Haare. Putzte dafür alle paar Stunden die Zähne, wechselte und reinigte regelmäßig die Kleidung, die nassen Sachen breitete sie zum Trocknen auf der Sporttasche aus, die unter dem Vordersitz lag oder manchmal, wenn Platz genug war, im Gang.
Der alte Geruch des jungen Spaniers oder Portugiesen hatte sie nicht gestört, war ja nicht ihrer. Weder ihr Geruch noch ihr Mann. Er hatte ihr gefallen, trotz Zahnlücke und Wulsthaaren, seine strahlenden Augen, und wie er sie mit seinen brüchigen englischen Erzählungen zum Lachen reizte. Und jetzt alles schon wieder vergessen, auch woher und wohin und sogar fast das Wie. Eine schöne, flüchtige Begegnung war das gewesen, diskret, nicht zu nah.

Manchmal, wenn keiner sie sah, tänzelte sie auch. Einfach so. So leicht wurden ihr an guten Tagen die Füße

im Zug, wenn er nicht gegen sie ratterte und räderte, sondern flog. Egal wie geschwollen die Beine, alles an ihr war dann federn.
Denn Rehe bluten nicht nur, sie tanzen auch.

Und stampfte manchmal, wenn sie allein im Gang war, mit schweren Schritten vorwärts oder auf der Stelle, um zu spüren, dass es sie gibt. Und für die Verdauung. Hauptsache bewegen, in allen Gelenken und Scharnieren. Dann hatte sie das Gefühl, sie könnte den Zug sogar aus den Gleisen stampfen, wenn sie nicht aufpasste.

Schöne, flüchtige Begegnungen: Einmal, im IC 447, war sie am Abend bei einer Gruppe Interrailern gelandet, fünf Schweden mit viel Dosenbier in einem Abteil hinter zugezogenen Vorhängen. Normalerweise saß sie lieber in Großraumabteilen. Saß sie allein in einem Sechserabteil, schaute sie vorsichtshalber unter den Sitz, ob da was wär. Aber hier alles andere als allein. Die fünf waren drei Männer und zwei Frauen, die Frauen gefühlt doppelt so groß wie sie, die Männer dreimal. *We are Abba with a fifth wheel on the carriage. And you are Madonna, aren't you? Small but sexy.* Sie waren ins Gespräch gekommen, sie im Gang, die Schweden im Abteil und hatten erzählt, woher und wohin, und sie schließlich zu sich reinbugsiert, wo noch ein Platz frei war, zu Kochschinken und Möhrenkuchen und Bier. Da konnte sie reichlich essen, solche Gelegenheiten ließ sie sich nicht entgehen, und nach langer Zeit wieder mal Bier trinken. Sie hatte früher immer ganz gern mal ein Bier getrunken, wenn auch lieber noch mit Lilo den Kourtaki, der bekömmlicher ist als Malamatina, und hatten über Gott und die Welt diskutiert und gelästert und manchmal übers Gelüst. Jetzt trank sie drei oder vier Dosen Heineken im Lauf der Nacht. Langsam, in kleinen Schlucken, aber beständig, und aß dazu den Schinken und den Möhrenkuchen, der Morotskaka hieß. Wurde erst lustig, dann traurig, dann beides zugleich. Sie waren alle lustig hier und traurig zugleich, die Blondere der beiden Frauen hatte einen rosa Regenschirm aufgespannt und halb auf die Gepäckablage gehängt, so dass er mit der anderen Hälfte über ihnen schwebte, und sie sprachen von ihrer Europareise und von Europa im Allgemeinen und von der Liebe. Sie hatte auch was erzählt, was, wusste sie nicht mehr, Dinge aus der Zeitung vielleicht. Die zweitblondeste Schwedin versuchte, am offenen Fenster zu rauchen, sie streckte den Arm übers hinuntergeschobene Fenster nach draußen, aber die Zigarette brannte in der Fahrt in Windeseile runter, und einer der Männer fasste ihr an den Po, wie sie sich da aus dem Fenster lehnte, und sie schlug durch die Zugluft empört nach ihm, und der rosa Regenschirm fiel auf sie beide herab.

Der Zug ratterte, in Trance, so angetrunken fühlte sie sich glatt zwanzig Jahre jünger. Was immer noch nicht jung war, also warum nicht fünfzig Jahre jünger, beschwipster Teenager. Draußen verging die Nacht: die heilige, fürchterliche Nacht. Sicher kamen hinter den Vorhängen die Unbekannten den Gang entlang. Man hörte sie ja nicht und sah sie nur schwer, trotz ihrer Größe. Verpasste sie sie also in dieser Nacht. Das war nicht schlimm. Hatte ja Nächte genug. Den Haufen Heinekendosen ließen die Schweden ihr, schwupps steckte sie am nächsten Morgen paar Euro in den Sack, nachdem die fünf den IC 447 verlassen hatten, mitsamt zugeklapptem rosa Regenschirm. Und der Zug fuhr durch Morgennebel im Gefühl, durch Wolken zu schweben.

Und hatte Tage genug, Stunden genug. Las. Blickte aus dem Fenster. Aß Pralinen dabei, die ihr ein Wohltäter geschenkt hatte: *satt gehn heim.* Unterhielt sich. Dämmerte vor sich hin, den Kopf im Nacken, den angefeuchteten Waschlappen auf die Augen gelegt. Wartete, stieg um. Unendlich viele Minuten.

Fuhr durch den Landstrich der schwarzverziegelten Häuser. Schwarze Ziegel nicht nur auf den Dächern, sondern auch auf den Wänden, vom Scheitel bis zur Sohle schwarz, und standen in lauter kleinen Tälern, was dachten die Menschen sich hier, in solchen Kuhlen in schwarzen Häusern zu leben. Am Rand eines solchen schwarzen Dorfs ein Fußballplatz voller Maulwurfshügel, auf dem wohl kaum mehr zu spielen war, und war, als wäre das Schwarz der Häuser in den Rasen

geplatzt oder die Welt löst sich dort auf, von innen heraus, mit solchen kleinen schwarzen Löchern fängt es an.
Durch den Bahnhof eines anderen schwarzen Dorfs zuckelte der EC 171 ohne Halt und sie sah im Vorüberfahren zwei Polizisten, die waren ein dicker Mann und eine schöne Frau und rissen einen zugewachsnen Zaun neben dem Bahnhofsgebäude auf, um sich Zutritt zu einem verwilderten Grundstück zu verschaffen. Sie fragte sich noch, was die suchten, einen Ladendieb oder Flüchtling oder Ausreißer, oder niemanden und ganz was anderes, da war der Zug längst schon weitergefahren.

Im halbleeren ICE 2156, *auf gewohnten Gleise*, las sie ein GEO-Magazin, das auf einem Tisch im Großraumabteil liegengeblieben war. Der apokalyptische Verkehrsinfarkt von Dhaka in Bangladesch und Cowboy-Girls in Texas, die mit sechs Jahren Rodeos reiten, und der Totenkult der Toraja auf Sulawesi, wo die Hausdächer wie Schiffsrümpfe aussehen und die einbalsamierten Verstorbenen Jahr um Jahr bei ihren Familien verbringen, wovon sie schon in zwei oder drei Zeitungen gelesen hatte. Wissenschaftler auf der Jagd nach dem leichtesten Materiebaustein, dem Teilchen, das alle narrt. Und las *16 Uhr 50 ab Paddington*, das sie aus der blauen Bücherzelle mitgenommen hatte, und als ein anderer Zug den EC 173 überholte, hoffte sie aufs Hochschnellen eines Rouleaus und den Rü-

cken eines Mannes zu sehen, der eine blonde Frau erdrosselt. *Ihre Augen quollen hervor, ihr Gesicht war dunkelrot und verzerrt.* Aber alle Rouleaus im überholenden Zug waren geöffnet, man sah die Fahrgäste auf ihren Smartphones tippen. Sie las auch *Mord im Orient-Expreß.* Sie las die *ZEIT*, Fragen über Fragen, waren ihr hohl wie Verse zum Herumkauen: Wie konnte die Lage außer Kontrolle geraten? Haben die Medien versagt? Ist das echt? Ist das so? Doch was geschah wirklich? Weizenschwarzrost - nie gehört? Wer ist hier krank? Wollte der Arzt zu viel? Kann das gut gehen? Was sagen die Verantwortlichen dazu? Die Frage, warum man im Hochsommer Mousse au Chocolat essen sollte, erübrigt sich, wenn sie vor einem steht. Wer lässt sich nicht vom Westen kaufen? Eisern Union!
Dann wieder irgendein Buch. Dann Mousse au Chocolat auf Verspätungsgutschein im Bordrestaurant, die Frage ob im Hochsommer erübrigt sich, wenn man im Zug sitzt. Und in den heiligen, fürchterlichen Nächten las sie, wenn sie nicht eindämmerte, im Schummerlicht in dem kleinen dicken gelben Buch: *Ich reise übers grüne Land*

Wenn sie Agatha Christie las, kamen ihr die Züge ausgestorben vor. Vorbei die Zeiten, in denen alte Schachteln in Zügen kommunistische Verschwörungen aufdeckten, von Mördern bedroht wurden, fliegende Untertassen sahen und geheime Raumschiffe.

Aber was weiß man schon. Der mit dem wahnsinnigen gleichgültigen Blick, vielleicht war der ein Mörder. Oder vielleicht hatte irgendein biederer Fahrgast den Koffer voller Leichenteile. Der hatte sein Opfer letzte Nacht im Wald zerlegt. Der Mopsgesichtige da mit der Hundekrawatte und dem Kaffeebecher, konnte das nicht sein? Dass der stückweise seine Frau im Koffer hatte? Oder auch bloß den Aktenkoffer voller Geldscheine. Vielleicht auch einen Laptop voll Kinderpornos. Und wer weiß schon, wer sich auf dem Smartphone Menschen enthaupten lässt oder so. Einmal saß ihr jemand gegenüber, der mit verkniffnem Gesicht was eintippte. Als wäre sein Finger ein Krähenschnabel, der eine Schädelschale aufhacken will, furchteinflößend.
Blieb sie lieber in ihrer analogen Welt.

Ich reise übers grüne Land, meine Augen quellen hervor, mein Gesicht ist verzerrt und dunkelrot.

Der Zug jagte dahin in einem zornigen, unregelmäßigen Rhythmus. Als ihre Gedanken später von den *Zwei Fremden im Zug* abschweiften, sah sie zwei Männer, die sich unterhielten, und stellte sich natürlich vor, die beiden hätten sich eben kennengelernt und der eine wollte den anderen zum Doppelmord überreden: Ich deine Frau, du meinen Vater. Der andere, der Langärmlige, wehrte ab. Man konnte sich sogar vorstellen, dass einer, der Kurzärmlige, glatte Mädchenhaut hatte und einen einzigen großen Pickel auf der Stirn, für den alle Unreinheit draufgegangen war. Sie verstand Administrator und Betriebssystem, das mochte Tarnung sein oder Teil des Plans.

Die Seele zog Schlieren, die Landschaft auch, alle horizontalen Linien traten hervor: Zäune, Geländer, Straßen, Stromleitungen, der Horizont. Die Vertikalen aber verschwammen: die Kiefern verschmierende Strichcodes. Oder standen verloren im Horizont herum, Windräder, Maibäume, Kräne, Kirchtürme. Und erinnerte sich, dass es ihr früher auf Spaziergängen und Wanderungen andersrum ergangen war: den Blick nur für Linien zum Himmel, für die Masten und Latten und Laternen und Bäume und Regenrinnen und Schornsteine.
Jetzt, als wären alle Dinge auf horizontalen Linien eingetragen. Vor dem Fenster die Welt auf Notenpapier. Aber verschmiert. Und nichts zu hören, sie konnte sie nur betrachten, nicht lesen, sie war zu unmusikalisch.

Im IC 2027 kam sie mit einer Tangotänzerin ins Gespräch, so einer schönen drallen Frau. Solche hatten ihr immer gefallen und wäre sie selbst gern eine gewesen, früher, als sie noch anders hatte sein wollen, als sie war. Die Tänzerin verglich den Tango mit dem Tanz der Sufis, körperliche Entgrenzung durch anspannungslose Bewegung. In der Verschmelzung ist zweitrangig, ob mit einer Masse oder einem einzelnen. Ein einzelner sei so unzureichend wie eine Masse von Menschen.

Es ist das All. Einswerden mit allem. Beim Sex ist es nichts anderes.
Die Tänzerin hatte schon einige graue Haare, die sie nur umso schöner machten. Als sie ausstieg, schrieb sie mit einem Kugelschreiber ihre Adresse aufs Faltblatt *Ihr Reiseplan.* Eine kleine Tanzschule in einer dieser kleinen Städte. Sie bedankte sich und steckte das Blatt ins Außenfach ihrer Sporttasche. Sie wusste, dass sie die Tänzerin niemals besuchen würde. Aber es war eine schöne, flüchtige Begegnung gewesen.

Vögel am betonfarbenen Himmel, paar Radfahrer im Nieselregen. Wenn die mal nicht ausrutschen in den glitschigen Kurven, die Blätter fallen ja schon herunter von den Bäumen. Sah sie noch so ein loses Blatt, auf sonst leerem Damm dieses ß oder ? auf dem zebrastreifigen Rad, ein Bekannter von ferne, im Vorüberfliegen, eine Flugbekanntschaft. Als strampelte er vor was weg. Ach Zebra, wenn dich mal kein Jäger erschießt. Oder ein Löwe frisst dich auf.
Dann der Regen wieder stärker.

Die Seelenlandschaft flog vorüber.

Ein anderes, noch ferneres Bekanntes: dieses Mädchen allein auf Reisen. Vielleicht elf oder zwölf, immer auf derselben Strecke, immer freitags, vielleicht ein Trennungskind. Sie sah es, bevor sie ihren Backgammonpartner traf. Das Mädchen tat nichts, als aus dem Fenster zu blicken, und aß dabei manchmal ein Käsebrot. Manchmal sprach jemand das Mädchen an, meistens ältere Frauen. Hätte sie nie getan, ein fremdes Kind ansprechen. Aber sah natürlich sich selbst in dem Kind.

Oder im Fuchs. Im Morgengrauen auf einer leeren Landstraße, da war wohl Sonntagfrüh, und sie wusste, dass sie diese Füchsin war.

Spricht die Straße: Ich laufe, sagte der Fuchs, durch einen Wald, der zugleich eine Stadt ist. Es ist Nacht und Tag, eine sonnige Mondnacht unter dichtem Blätterdach. Die Schritte meiner Pfoten in den sehr roten Schuhen, ihr wisst schon, diese sehr schönen mit den sehr hohen Absätzen, die klappern auf dem Trottoir, man hört keinen Tritt, soooo samtweich ist das alles. Die grauen Wände sind voller feiner Risse und Schlieren, und über und über sind Buchstaben und Zeichen dareingeritzt, dass einem schwindlig wird. Ich lese darauf und lese und suche meinen Namen und lese und lese, aber finde den Namen nicht. Dazu müsste ich ihn ja auch kennen, um ihn zu finden. Ich weiß, dass in den Bäumen Kinder wohnen, die ich kenne, und trotte weiter übers Samttrottoir. Auf den Straßen wächst nichts, kein Blümlein und kein Strauch und kein Gras. Es ist ja ein Wald aus Buchen und der ist soooo dicht, man wundert sich, dass es überhaupt Luft zum Atmen gibt. Die Stämme sind Beine von Elefanten, die im Weltall stehen, so groß, vielleicht tragen sie da die Welt auf

ihren Rücken. Die Autos behüten wütend ihre Frischlinge, man kommt ihnen besser nicht zu nah. Ich betrete einen Baum und will hinaufsteigen in die Zweige. Aber die Kinder, die ich kenne, verbergen sich vor mir hinter den Türen. Immer wenn ich eins erblicke, ducken sie sich alle weg.
Oder bin ich es, die sich wegduckt? Oder ich und sie, wir ducken uns zugleich weg.
Wie heiße ich, rufe ich ihnen nach. Wie ist mein Name.
Keine Antwort, sind ja Kinder. Kinder antworten niemals. Die unsichtbaren Kinder halten die Luft an in ihren Astlöchern, sagte der Fuchs, spricht die Straße, halten die Luft an, damit ich sie ja nicht hören kann und sie nicht mich.

Dann fiel ihr Ohr ab. Sie hielt es eine Weile in der Hand.

In ihren Träumen waren zwei Dinge zugleich eins. Erinnerungen, naja. Aber diese Dämmerstunden, in denen die Dinge verschmolzen, die berührten sie. Die durften ihr nahetreten. Da schrie sie nicht: Hau ab, sondern flüsterte leise, komm.

Zwei zugleich eins, so wie ihr die Welt verändert und unabänderlich zugleich vorkam, falsch und richtig, zufällig und zwingend.

Manchmal schlief sie auch bloß, nichts weiter. Stückelte den lebensnotwendigen Schlaf aus Sekunden und halben Stunden zusammen. Nach so einem Minischläfchen wachte sie immer erfrischt auf (nur mit säuerlichem Geschmack im Mund). Trotzdem dauerte es nicht lang, bis sie wieder wegnickte, das machte das gleichmäßige Ruckeln. Und dass sie insgesamt zu wenig schlief.
Bevor sie wegdämmerte, wickelte sie nochmal den Riemen ihrer Tasche ums Bein. Wenn Flaschen und Dosen in der Tüte waren, schob sie sie unter den Sitz, aber das Wichtige war die Tasche. Den Riemen drei- und vierfach um den Knöchel, wenn sie im Sitzen schlief. Sie schlief meistens im Sitzen. Wenn sie sich doch mal hinlegte (nur wenn es nicht sehr voll im Wagen war; aber auch nicht ganz leer, seit der Sache im Mai), dann zog sie den Riemen bis um den Oberschenkel hoch. Weil sie so klein war, konnte sie sich locker auf die Doppelsitze legen. Nicht gerade bequem, aber naja. Fror sie, deckte sie sich mit ihrer leichten Jacke zu. Wenn niemand in der Nähe saß, zog sie die schwarzen Turnschuhe aus, sonst ließ sie sie über den Rand des Sitzes in die Luft hängen. Denn Schuhe auf Sitzen gehören sich nicht. Sie war ordentlich und pingelig. Ging nach dem Nickerchen ins Bad und putzte sich die Zähne, um den säuerlichen Geschmack loszukriegen.

Tunnel rein, das schwarze Maul, Tunnel raus. Das Rauschen. Ein Zug in Gegenrichtung heftig vorbei.

Sie sitzen auf *meinem* Platz, sagte ein Mann mit der *WELT* in der Hand und sah sie feindselig an. Sie war weggedämmert gewesen, der böse Ton traf sie, weil sie so ungeschützt war in diesem Moment und ihre Haut so dünn, sogar ein Husten hätte wehgetan. Sie setzte sich um, der Mann blickte weg, als sie sich an ihm vorbeischob.

WEGEN TECHNISCHEN STÖRUNGEN AN DER STRECKE

Ein Putzfahrzeug fuhr den Bahnsteig entlang, die Tauben flatterten hinauf unters Dach. Der Regen prasselte schon wieder drauf, da lächelten die Bikinimädchen auf dem großen Plakat ratlos. Was nützen ihnen Bikinis für neunundzwanzig Euro und leuchtende Pfirsichhäute. Wie schön diese Frauen waren, aber ihre Körper durch den Computer gemergelt, bis alles Leben aus ihnen entwichen war. Wenn man das auch mit geschwollenen Beinen machen könnte, einfach rausmergeln. Sie trank im Stehen den Orangensaft und aß das Schinkenbrot, beides nach der verspäteten Ankunft des ICE 945 an die Fahrgäste verteilt. Leider kein Kuchen. Und sah den Tauben nach, ihren lieben Tauben.
Flattern, Kommen und Gehen. Rolltreppen, einfahrende und ausfahrende Züge.
Wartezeit wegen verpasstem Anschluss und über den Puffer hinaus. Nicht schlimm, aus dem späteren Zug konnte sie eine Station früher aussteigen, bekam sie

den entgegenfahrenden Anschluss. Und sogar gut, weil sie mit Saft und Schinkenbrot das Geld sparen konnte, das sie für zwei Tüten Pfandflaschen bekommen hatte. Besonders gut schmeckte es nicht gerade, aber naja.
Die Sporttasche am Riemen auf der Schulter wurde schwer, die bleiernen Füße zogen sie in den Bahnhofsboden. Sie wollte ein halbes Stündchen in die DB Lounge, Labsal für Rücken und Beine, in den roten Ledersesseln zu sitzen. Bekannte erzählten, in früheren Zeiten habe es da sogar Liegesessel gegeben. Die würden den Beinen guttun.
Später der Bahnsteig rappelvoll, im Gewühl eine Mutter mit Baby in der Trage, vollgestopftem Kinderwagen, an der Hand ein quengelndes größeres Kind. Gedränge beim Einsteigen an den vorderen Eingängen, ein anderer Zug war eben noch angekommen. Bitte benutzen Sie alle Türen, der Zug ist innen hohl! Der Zugabfertiger auf diesem Bahnhof rief jede Woche denselben Witz in die Menschentraube. Auch so ein Bekannter von fern, seine Stimme.

Dann flog der Zug. Aber heute fiels ihr schwer, kein Kranich oder Graugänse, mehr so ein Rebhuhn. Die Gänge verstopft, Fahrgäste saßen auf ihren Koffern, ein Dicker mit Laptop auf den Knien, eine Schöne zog sich Konturen um die Augen und musste sich vorsehen, dass der Stift nicht verrutschte, eine andere lesend im Stehen, der Schaffner verlangte die Entfernung eines Kinderwagens am Notausgang. Und mittendrin sie, die

doch gar keinen Grund hat zu fahren. Geschweige zu flüchten. Das zog sie runter.
Aber sie war doch klein. Sie nahm nicht viel Platz.
Fliegen war selten. Normal im Kreis fahren. Immerhin.

Später wurde ihr leichter durch den Anblick einer sehr jungen Frau neben ihr, die ihren Körper selbst durchmergelte, aber schien ganz zu sich selbst: Schnürstiefel, enger Mantel und Tintenkleid – großflächiges Tattoo, das sich über den Handrücken streckte bis unter die Fingerkuppen, wo es sich in winzigen Tröpfchen verperlte. Auf den ersten Blick hatte sie gedacht, diese Hände wären mit Füllertinte angemalt wie bei Erstklässlern. Sie war mit ihrem Smartphone beschäftigt, textete im Tippsentempo, aber nur mit den beiden Daumen, und ihre Fingernägel waren im selben Grüngrau lackiert wie die Tinte auf ihrer Haut. Und diese Tinte zog sich auch unter dem schwarzen Mantel heraus und hinauf bis an den Hals, und darüber dieses rührende sehr junge Gesicht der Frau, die ihr ganz frei schien; vielleicht bloß, weil sie so jung war.

Und konnte wieder aus dem Fenster blicken. Die Welt hinter Glas: als wäre etwas aus ihr herausgeschnitten, das macht sie unschwer und sie beginnt zu schweben –

– wie ihr die Welt schon früher schwebend erschienen war, wenn sie an Abenden, die zu Nächten wurden, mit

Lilo den eiskalten Kourtaki getrunken hatte, der bekömmlicher ist als Malamatina. Erst wurden sie mordslustig, wir Weibsen, dann todtraurig, wir Klageweiber, schließlich lustig und traurig zugleich, Klageweibsen und manchmal sogar plem im guten Sinn. Mit Lilo gemeinsam wars immer am schönsten, alles immer doppelt so stark. Wohnten damals nah beieinander und trafen sich häufig, als sie in die mittlere Stadt gekommen war, vor über dreißig Jahren. Aus einer anderen mittleren Stadt: kein blaues Haus mehr, sie war geschieden, kein perlopalgrünes Haus mehr, brauchte sie also auch keinen Liebhaber mehr. Lilo und sie waren sich eine Freude und eine Stütze und kamen immer wieder aufeinander zurück, was auch immer um sie herum passierte. Die vielen Jahre im Büro kamen; die unklare Freundschaft mit der Lehrerin Babette; paar Männer, am wichtigsten der liebe Lockenkopf, aufs Ganze gesehen wichtiger als Ehemann und Liebhaber. Sie hatte nie, auch damals nicht in der Zeit der neuen Freiheit nach der Scheidung, größere Lebenspläne gehabt oder überhaupt Pläne, war das ein Fehler? Wovon sie weg wollte, hatte sie immer gespürt, aber nicht wohin. Weg vom Studium, vom blauen und vom perlopalgrünen Haus, später vom Trinken des Lockenkopfs, vom Neid. Aber wohin. Arbeitete kurzzeitig in einem schattigen Hutgeschäft, die Art von Geschäft gabs damals noch, aber schon so allmählich nicht mehr, und dann ewig und drei Tage in dem Reisebüro. Nach dem dritten Tag und der Ewigkeit war doch Schluss gewesen. Und war all die Jahre nie gern gereist, wie außer ihr nur der Kollege wie ein Knäckebrot, der Kette rauchte und Kunstgeschichte liebte, während alle anderen ständig und gern reisten, vorneweg der Kollege, der immer Hotelanlagen und neue Resorts besichtigte und wurde schließlich eine Frau, die auf einem Kreuzfahrtschiff anheuerte. Sie aber war da nur reingerutscht nach dem Hutgeschäft, obwohl sie weder Spaß an Fremdsprachen noch an fernen Ländern hatte, aber konnte sich verständigen, und reisen musste sie kaum, sondern kümmerte sich um Visa und Unterkünfte und Mietwagen und vermittelte, ohne mit der Wimper zu zucken, Kameltrecks und romantische Wochenenden. Während Lilo all die Jahre bei einem versoffnen Rechtsanwalt in einer muffigen Kanzlei arbeitete, Lilos Mann hatte sich auch totgesoffen, und selbst das sehr frühe Versterben wirkte bei ihm wie eine Derbheit und Rücksichtslosigkeit. Allerdings hatte sie Lilos Mann nicht gekannt, nur aus Erzählungen. Lilo und sie hatten sich kennengelernt und auf Anhieb gemocht in einem griechischen Lokal, sie allein und still vor sich hingrübelnd an einem kleinen Tisch, Lilo allein und leise vor sich hinlachend an einem anderen kleinen Tisch. Irgendein Mann hatte Lilo versetzt, da war sie lachend allein essen gegangen. Auf ihre Kinder passte an diesem Abend eine ältere Nachbarin auf, die jetzt auch schon lang tot war. Lilo war über allem lustig und traurig zugleich geworden oder geblieben und hochlästerlich trotz warmer weicher Stimme, sie drückte nur ihre Freunde gern und sehr fest. Glück nicht gerade, aber naja. Sie verbrachten die Abende und Nächte dann fast immer bei Lilo. Manchmal, wenn eins der Kinder einen Albtraum hatte, stand Lilo auf und ging hinüber, dann rührte sie den Kourtaki nicht an, bis Lilo wieder da war. Und auf dem Heimweg, in der Frühe, meinte sie zu schweben, bis sie erkannte: Die Welt, die ist ja leicht geworden und schwebt. *In der Frühe*, dachte sie, wie schön das aber auch klingt.

Das Fahrrad, auf dem sie gekommen war, schob sie auf dem Heimweg mal lieber, wegen der Schweberei.

Später gingen sie dann manchmal aus. Einmal waren sie gemeinsam nach Griechenland gereist.

Dass sie keine Kinder hatte, bedauerte sie nur ein bisschen. Sie hatte, noch bevor sie Lilo kennenlernte, eine Zeitlang einen Literaturkreis besucht und dort *Die Wand* gelesen und daraus die *fremden Kostgänger* im Kopf behalten. Vermischte sich jetzt auf der Fahrt alles, zwei Fremde im Zug, die Fremdlingin, ein fremder Kostgänger auf Besuch bei sich selbst, wo immer das ist.

Später, die Kinder aus dem Haus, war Lilo in eine andere mittlere Stadt gezogen, nochmal der Liebe wegen oder des Gelüsts, jedenfalls wegen einem Mann, da wurde nichts draus, aber zurück zog sie auch nicht mehr. Sie besuchte Lilo in dieser anderen mittleren Stadt, zwei Zugstunden entfernt, einmal im Monat oder alle zwei Monate oder drei. Da wohnte sie in der Mahlerstraße und gabs weiterhin eiskalten Kourtaki, bekömmlicher als Malamatina, und Lustigkeit und Traurigkeit zugleich, aber keine schwebende Welt mehr auf Heimwegen in der Frühe und mit geschobenem Fahrrad wegen der Schweberei, hier schlief sie nämlich auf der ausgezogenen Couch und manchmal mit reichlich dickem Schädel.

Aber ganz so wie früher wars nicht mehr.

Einmal brachten sie auch eine ganze Nacht mit Gold Advocaat durch, da kicherten und lästerten sie sich die Seelen aus den Leibern.

Weißt du noch, wie wir früher gesoffen haben, hatte Lilo im Herbst gesagt, als sie sie, an einem Dienstag direkt aus dem Zug, besucht hatte. Wieder Kourtaki und Gold Advocaat und mordslustig und todtraurig. Ab und zu, hatte sie geantwortet, nur ab und zu gesoffen, und gedacht: Trinken ist schlimmer als saufen. Der liebe Lockenkopf hatte getrunken, getrunken und Heidegger gelesen, aber immer allein, deshalb hatte sie ihn verlassen. Nicht weil sie hätte mittrinken wollen und Heidegger mitlesen, sondern weil er allein sein wollte. Und wegen seines Neids am Ende. Aber nicht wegen dem Verkorksten und dem Onanieren. Doch nicht wegen sowas. Denn er war ja doch kein Klotz am Bein, kein Mensch ist ein Klotz. Ja, Lilo, du hast recht, auch wenn du's lästerlich meinst, in jedem Menschen steckt ein Stern und sogar in jedem Ding.

Nur sich selbst kam sie manchmal wie ein Klotz vor und was den Stern angeht, naja.

Und steckt doch in jedem Menschen ab und zu ein Gelüst, nur im Lockenkopf schien es nicht so richtig. Früher hatte sie oft ein großes Gelüst überkommen. Auch als sie verheiratet gewesen war, sie hatte ja gern geheiratet, aber war das Ehevollziehn dann mehr so ein Ehevollstrecken gewesen. Jetzt überkam sie auch manchmal noch ein Gelüst, aber nicht mehr so dringend und reichte es meist, gelegentlich einen schönen Mann anzuschauen.

Vor der Freundschaft mit Lilo hatte sie einige Jahre eine kleine, fremde Freundschaft mit einer Lehrerin gepflegt, die Babette hieß und schwarze Haare und Knopfaugen hatte und einen hübschen Höcker auf der Nase, die sie selbst Zinken nannte. Babette lebte zwei Etagen höher im selben Haus, allein wie sie, und mit ihr war sie in den Literaturkreis gegangen. Die Mitglieder, alles Frauen, trafen sich einmal im Monat in einem Gemeindehaus und sprachen über ein bestimmtes Buch. Einmal *Die Wand.*

Mit Babette ging sie auch oft ins Kino, einmal in der Woche zu ihren besten Zeiten. Und war klar, dass eine starke Anziehung zwischen ihnen bestand. Mehr als Freundschaft, aber weniger als Liebe, was das auch ist, und vielleicht bloß, weil sie sich nicht trauten.

Und weil beide in Gedanken oft woanders waren, nicht in dieser Welt. Sie war in ihren frühen Vierzigern und der Gedanke an den Tod zu dieser Zeit am klebrigsten. Immerzu hatte sie. Glich dem Verschwindibus-Luft-

bad als phantasierendes Kind, aber jetzt hieß es Tod. Einen schön schmerzlosen aber bitteschön, war ja kein Mann.
Nur manchmal schlug es ins ganz Unangenehme aus. War aber nichts Konkretes. Keine Wand. Kein Abgrund, der sich unter ihr aufriss, sondern meist nur so ein Schleier, der sich über die Welt legte, ein gleichmäßiger Luftzug, der durch ihr Leben wehte. Da blieb sie stehen und regte sich nicht, um den Schleier zu sehen und den Luftzug zu spüren. Einmal stand sie lang auf einer Brücke und sah ins Wasser hinunter. Wenns nur nicht so kalt und nass wäre.
Immer wieder solche Abschnitte in ihrem Leben, wo ihre Lebendigkeit umkippte in sterben wollen. Manchmal für Minuten, manchmal für Monate.
Aber Babette hatte ihre eigenen Sorgen. Probleme an der Schule, mit Jugendlichen und einigen Eltern, einem Mädchen und einer Mutter speziell, und schließlich wechselte sie wie vertrieben die Schule und zog in eine andere, größere Stadt. Eine Zeitlang telefonierten sie noch miteinander. Damals begann schon ihre Freundschaft mit Lilo. Und lernte in dieser Zeit auch den lieben Lockenkopf kennen, der ihr gerade richtig nicht von dieser Welt schien, und zwar am falschesten Ort für ihn, in einem Tanzkurs nämlich, zu dem er von einem Freund mitgeschleppt worden war und nur einmal hinging, und paar Jahre, und gar nicht so wenige, ging das ja zwischen ihnen ganz leidlich. Nur dass er tagelang im Zimmer saß und etwas schrieb, aber was

dabei herauskam und überhaupt ob, das war ihr ein Zweifel.

Gesichter im Zug, das erinnerte sie an Babette: hunderte und tausende Menschen sich gegenüber, immer neue, immer andere, der Gedanke, eine Lehrerin zu sein, machte sie schwindlig. Vielleicht machte das den Blick flackern bei ihrem Backgammonpartner am Freitag, und hielt er deshalb mit dem Finger die Nase fest.

Das Glas. Nicht Schleier, sondern Wand. Dahinter eine Welt ohne Geräusche. Lautloser Regen, stummer Donner. Kein Grollen, kein Prasseln, kein Plätschern. Nur das tonlose Bild von Regen über Landschaft. Der Landschaft ist ja alles recht. Verschwiegene Vögel. Kein Zirpen im Gras. Wald- und Wiesen- und Schneelandschaft ohne das Plätschern von Bächlein oder das Knacken von Eis oder das Knirschen von Winterstiefeltritten. Im Grünen kein fernes Dröhnen von Flugzeugen im Blauen. Keine Rasenmäher hinter den Hecken. Hochbetrieb auf stummen Baustellen, null Kreischen oder Bohren im Hintergrund zum Tanz der Kräne, dieser traurigen Giraffen. Auf stummen Spielplätzen. Stumm rollende Autos auf den Straßen.
Keine Kirchenglocken. Sah die Kirchen in der Ferne ohne den Wunsch, hinüberzuwandern und hineinzugehen und sich hinzusetzen und zu beten, wie sie ihn früher verspürt hatte, oder wie Frau K., eine flüchti-

ge Bekannte aus den frühen Ehe- und Liebhabertagen, die als Kind so gern in Kirchen gegangen war, und ging als Erwachsene ins Wasser.
Und eine Welt auch ohne Geruch. Wiesen ohne den Duft von Blumen und Gras, Dörfer ohne Misthaufen, Regen ohne diesen schönen frischen Regengeruch. Kein Frühlingsgeruch, kein Sommergeruch, kein Herbstgeruch, kein Wintergeruch. Kein Geruch nach Luft, Wasser, Laub und Schnee.
Eine Welt ohne Berührung: nichts anfassen, von nichts angefasst werden. Kein pieksendes Gras an den Unterschenkeln. Keine Disteln, keine Brennnesseln, kein Moos abrupfen, keine Kiefernzapfen aufheben. Wald ohne weichen Boden, ohne Nässe, nie ein Spinnennetz im Gesicht. Keine sengende Sonne auf schattenlosen Feldwegen und Bürgersteigen. Kein Sand in den Schuhen, kein Wind auf der Haut, in den Haaren. Undurchnässt vom Regen.
Ohne Schmecken. Keine Walderdbeeren, als Kind hatte sie sich nur bücken müssen. Hatte sich sogar nach Sauerampfer gebückt, nur um sich bücken zu können und zu schmecken. Einmal hatte sie Brennnesseln in den Mund gesteckt, weil ihr Bruder gesagt hatte, Brennnesseln könne man essen.
Und sogar Welt ohne Sichtbares, am Ende: nichts aus der Nähe sehen, in nichts hineinsehen. Keine Halme in den Wiesen, keine Ähren auf den Feldern, kein Weiß in den Augen der Menschen. Keine Vögel, für deren Anblick man sich ins Unterholz begeben müsste

oder ans Wasser. Keine Eisvögel. Keine Zaunkönige, diese geflügelten Mäuse. Schon gar keine Nachtigall. Welt ohne Ameisen. Keine Schnecken nach dem Regen. Was sie für Schmetterlinge hielt, das konnte auch Asche sein, die in der Luft weht. Vielleicht ist alles, was einst Schmetterlinge waren, längst wehende Asche. Wie der Schmetterling damals, der unter ihren Fingern zu Staub zerfallen war, beim Nachbarn, im Traum. Vielleicht sah sie durchs Fenster wie der Träumer ins Weltall, einen Himmel voller Sterne, die längst tot und erloschen sind.

Aber am meisten und schlimmsten und größten und immer, immer wieder die Welt ohne Geräusche. Blanke Stummheit, in der schon gar nicht diese heilige Stille existiert, die es manchmal im Wald gab: in der sie nur das eigene Atmen oder Schnaufen hörte und, wenn sie auch das abstellte, dieses verschwindend leise Piepsen oder Summen im Eingang des Ohrs, das sie als Kind für das Betriebsgeräusch der Seele gehalten hatte, vielleicht in Gestalt eines kleinen Männchens.

Blickte durchs Fenster in die stumme Landschaft, die vorüberflog.

Und während sie hinaussah, war um sie dieser leise Lärm, der im Zug mitfliegt. Er löschte die Stummheit dort draußen nicht aus, sondern machte sie noch blanker und größer. Der Geräuschteppich, der zum Ruckeln des Zugs gehört: Klappern, Rumpeln, Füßescharren, Scheppern von Smartphones und unter Kopfhörern, Gemurmel. Vor allem dieses sanfte Gemurmel.

Sie bemühte sich, keine Gespräche zu hören. Am liebsten hörte sie es in fremden Sprachen murmeln. Nur manchmal verstand sie mitten in einem arabischen Redestrom ein deutsches Wort wie *Ordnungswidrigkeit* oder *Fußgängerzone* oder *Widerspruch*.
Und das Gurren der Bahnhofstauben in ihrem Kopf.
Und sah sich selbst von hinten: eine kleine Frau mit kurzen Haaren, die aus dem Fenster blickt. Eigenartigen Hinterkopf hat die, ob man der mal in den Nacken pusten soll? *Nicht leicht ihr Stirnenhaar im Flug zu fassen.* Das Draußen fliegt der kleinen Frau davon. Diese geheimnisvolle und gleichgültige Welt. An ihrem Rand balancierend und kippelnd die kleine Frau, die nicht dazu gehört und nicht dazu passt.
Der sieht sie gern zu.
Schon als Kind hat diese kleine Frau das Gefühl gehabt, sie könnte jeden einzelnen Moment aus der Welt hinauskippen und nie wieder zurückkehren.
Das war schön gewesen.
Warum die Menschen nicht fliegen, hatte Frau K. gefragt. *Ich meine, warum die Menschen nicht fliegen, warum sie nicht wie Vögel fliegen?*
Aber manchmal machte die Stummheit ihr Angst. Ganz plötzlich, die Angst kam aus dem Nichts gefallen. Ein Glück, wenn sie dann in einem Regio mit zerkratzter Scheibe saß. Kratzer im unsichtbaren Vorhang, der die Welt so fürchterlich leicht macht und schweben lässt, dass es ein Grauen ist. Dann stellte sie sich vor, dass das Glas, die Wand plötzlich ganz zersplittert und sich als

Scherbenmeer auf die Landschaft ergießt. Auf einmal die ganze Welt in Scherben.
Aber wünschen konnte sie sich das nicht, es würde sie ja zerschneiden.

Die Haare hatte sie sich schon einige Jahre, bevor sie in den Zug gestiegen war, abschneiden lassen. Früher mal hatte sie sich gern die langen Haare vors Gesicht fallen lassen.

Mein Herz, bleib frei und munter

Vielleicht war ja die Zugfahrt ein Gebet. Auf der Tasche unterm Sitz trocknete die gewaschene Kleidung.

Unerwartetes Stocken, Störungen, plötzlicher Lärm, laute Männergruppen rissen sie aus den Andachten.

Mittwochs und samstags sammelte sie die meisten Flaschen, das waren die ergiebigsten Strecken. So diskret es ging und ja ohne andere Fahrgäste zu behelligen. Hatte sich noch kein Schaffner beschwert. Einige kannten sie ja. Und waren vielleicht sogar froh, wenn unauffällig Müll eingesammelt wurde in den Zügen, den aus Sparsamkeit nicht allzu häufig gereinigten. Und griff draußen öfter mal ein Flaschensammler den andern an, weil der das Revier verletzt hatte, las sie in der *WELT*, ein Wolf.

Der Regen zog Schlieren an der Scheibe, während der ICE durch die kleine Stadt flog, in der ihr Vater begraben war. Neben ihm nicht die Mutter, sondern seine zweite Frau. Gibt doch ein Kuddelmuddel im Himmel, hatte sie als Kind gedacht, wer wird dann zu wem gehören nach dem Ende der Zeit. Und ein bisschen dachte sie das immer noch, auch wenn es ihr lächerlich vorkam.

Das Ruckeln, Klappern, Scharren, Scheppern, Murmeln: Alles verschwand im Grundrauschen des Zugs, wenn sie sich die Ohren mit gewölbten Händen zuhielt, eine Handvoll Luft. So wie sie sich als Kind die Ohren zugehalten hatte, um dieses Rauschen zu hören, das immer da war, das geheimnisvolle gleichgültige Rauschen des Weltalls. Und hatte was mit dem Verschwinden aus der Welt zu tun, das sie sich manchmal vorstellte.
Erst als sie kein Kind mehr gewesen war, hatte sie erfahren, dass es im Weltall gar nicht rauscht, sondern mucksmäuschenstill ist.
Aber diese Stille, die ist doch ein Rauschen?!
Als sie kein Kind gewesen war.
Und wenn sie die Augen schloss, war es nicht, als wäre die Welt fort. Sondern als wäre sie noch da, nur dunkel geworden, vollkommen dunkel – sie aber hätte die Augen in der Dunkelheit sperrangelweit aufgerissen. Würde sie die Augen noch weiter aufreißen, würden die Sperrangeln zerreißen und die Augen gleich mit. Doch die Welt war immer da, eine finstere Welt.

Aber finster war nicht böse. Die Welt war nicht böse, nur finster. Finster etwas Ähnliches wie Schweben. Und wie geheimnisvoll und gleichgültig.
Aber vielleicht ist es doch das Geheimnisvolle und das Gleichgültige, was die Menschen so reizen kann. Und das Finstre böse machen?

In der engen, plastikgrauen Toilette des IC 2374 fühlte ihr kleiner Körper sich an wie eine Kapsel in einer Kapsel in einer Kapsel, die durch die Welt saust. So verkapselt, dass sie mehrmals nachzählen musste, in der wievielten Kapsel sie steckte. Da wollte sie gern einmal so tief es ging in die innerste Kapsel hineinlugen. Schau mal in dich selbst hinein, hatte Lilo ihr so oft gesagt. Und glaubte sie nicht, dass das ging, und wenn doch, dann wollte sie nicht. Würde man nur Verwirrendes entdecken, oder was man nicht wollte, wie der Kollege, der entdeckt hatte, dass er eine Frau war; aber der hatte das vielleicht doch gewollt. Aber sie nicht.
Jetzt stellte sie sich also auf die Zehenspitzen und beugte sich weit vor, um in sich hineinschauen zu können. Wo hinein, wenn nicht in die Augen? Also in die Augen. Kniff sie zusammen, um schärfer hineinsehen zu können.
Aber brachte nichts.
Vielleicht weil man immer nur in ein Auge sehen kann, nie in beide?
Sie öffnete die Augen so weit wie möglich und sah: Die Pupille war eine schwarze Kapsel in einer türkisen

Kapsel in einer weißen Kapsel. Und erkannte noch in der innersten, schwarzen Kapsel eine winzige graue. Das war das Zugfenster aus Milchglas. Es spiegelte sich in den Pupillen.
Das Fenster lag schräg zum Spiegel, aber eigentlich stand der Spiegel schräg im Zug. Alles um die Ecke. Die Schräge des Spiegels machte sie schwindlig, der Zug kam ihr plötzlich durch und durch gezackt vor, physikalisch absolut unmöglich, dass er geradeaus fuhr. Er brauste im Zickzack auf der Stelle.
Die Augen taten ihr längst weh vom In-sich-selbst-Schauen.
Vielleicht kam es auch vom langen Zehenspitzenstand, wie in der chinesischen Medizin: Zehen und Augen hängen zusammen. Ließ sie sich zurück auf die Fersen fallen und schloss wieder die Augen, so fest es ging. Die Welt wurde stockfinster, und sie hatte die Augen in der Finsternis weit aufgerissen, und risse sie sie weiter auf, würden sie zerreißen.
Da musste sie in einer Kurve das Gleichgewicht halten, im selben Moment hörte sie Bumpern und eine grobe Männerstimme: Hey, wie lange dauert denn das, was treiben Sie da?
Nun machte sie aber mal extra langsam. Blöder Kerl. Wenn sie so grobe Männerstimmen hörte, wurde sie trotzig. Blieb mit aufgerissenen Augen in der Dunkelheit und erinnerte sich, während es draußen rief und bumperte, an eine Reise nach München. Das Büro hatte einmal im Jahr eine gemeinsame Städtereise un-

ternommen, sie waren immer sieben oder acht Leute gewesen (und als es langsam zu Ende ging, nur noch sechs, fünf, vier; aber da hatten sie schon keine Städtereisen mehr gemacht). Meist ins europäische Ausland, manchmal innerhalb von Deutschland. Sie hatte sich wie stets von dem älteren Kollegen, dem Knäcke-Kette-Kunst-Mann, der auch nicht gern reiste, mitschleifen lassen, in die Alte Pinakothek, wo sie Dürers Selbstbildnis anschauten, solange ers ohne Zigarette aushielt. Er zeigte ihr, dass man bei genauer Betrachtung im Auge Dürers ein Kreuz erkenne: das sich spiegelnde Fensterkreuz. Sie beugte sich vor, um das Kreuz in Dürers Auge zu sehen, aber bevor sie es erkennen konnte, war der Alarm losgegangen.

Bumpern. Hey, Sie, alles in Ordnung da drin?

Später im Biergarten hatte der Kollege gequalmt im Akkord und erzählt, dass es auch in den Augen von Dürers Hasen ein Fensterkreuz gebe. Man dürfe nicht immer alles gleich christlich auslegen, manches sei einfach … ein Fenster. Sie nickte und schaute hoch ins Laub der Kastanien und knirschte dabei mit den Füßen im Kies, so dass ihr schien, das Laub knirschte, und erinnerte sich, wie gern sie als Kind in die Kirche gegangen war: ein Hase, in dessen Augen sich ein Kreuz spiegelt.

Alles in Ordnung? Was machen Sie da drin? Das war der Wüterich vor der Tür, nicht der Knäckebrotkollege von damals, der war ja vor einigen Jahren schon gestorben, noch bevor das Büro dichtmachte.

Und hatte der Wüterich schon recht, was macht sie da drin. Der Gedanke, in sich selbst zu schauen, war grauenhaft. Sie machte die Augen auf und packte ihre Tasche und öffnete die Tür. Da stand der Wüterich, in der Hand Zigarettenschachtel und Feuerzeug, und schüttelte grob den Kopf, als wollte er ihn wegschleudern vom dicken Hals.
Was fällt Ihnen ein, rief er, ewig die Toilette zu blockieren, die andern sind alle defekt. Scheißdeutschebahn. Oder fehlt Ihnen was? Alles in Ordnung?
Er hatte aufgehört, den Kopf zu schleudern.
Hey, brauchen Sie Hilfe?
Hau ab, schrie sie, hau ab!

Später waren sie auch einmal nach Wien gefahren, aber zum Hasen hatten sie es nicht geschafft, weil in der Albertina Schließtag war, stattdessen sich ein holländisches Bild von Hölle und Jüngstem Gericht angeschaut, an das erinnerte sie sich manchmal, wenn sie über die böse Unruhe nachdachte, die Gereiztheit.

Klöster. Kühe. Ohne Glocken. Stumme Gewitter.

Kreisverkehre. Wahlplakate an Straßenrändern. Erloschene Vulkane unter lieblichen Hügeln. Künstliche Seen.

Fenster in Häusern. Schade, wie wenige Fenster noch Kreuze haben.

Eine Mutter wiegte auf dem Arm ein Baby in den Schlaf, endlich, nachdem es lange und zermürbend und ohrenbetäubend geschrien hatte. Wie ruhig es jetzt war.
Ein alter Mann, der auf seinem Rollator saß, mit weißen Zotteln bis auf die Schultern, betrachtete lächelnd Mutter und Baby.

Ein Mädchen, vielleicht fünf, spielte und zog mit einer Hand an seinen Zöpfen herum, ringförmigen Schlaufenzöpfen, wie sie die Mädchen in Deutschland nach dem Krieg getragen hatten. Das Mädchen war aber nicht blond, sondern dunkelhäutig und lief ihm die Nase, die Mutter daneben achtete nicht darauf, sondern sah aus dem Fenster und telefonierte lautstark. Und der Mund stand dem Mädchen offen, es war in seiner Zupferei völlig in sich selbst versunken. So als wüsste es gar nicht, dass es in der Welt ist. Oder in welcher Welt. Oder als sei ihm ganz egal, ob es existiert oder nicht.

Andere Male hielt sie es nicht aus, ein Kind anzuschauen. Nichts Schrecklicheres vorstell- und anschaubar als ein Kind. Sie stellte sich dann zwanghaft immerzu das Kind als Erwachsenen vor, wie würde sein Leben sein? Das Kind ein einziger Gegensatz in sich selbst, Unendlichkeit und Ende von allem zugleich. Da zerriss es sie. Und schaute sie lieber weg.

Und wieder hin. Eine Gruppe Pfadfinder stieg ein. Dass es noch Pfadfinder gibt. Großer Lärm, eine fröhliche Gruppe, in der ihr ein Junge auffiel, der nichts sagte. Er hatte rote Haare und trug eine Brille, und aus seinem Blick sprach eine ungeheure Erwartung, offenbar auch Angst. Sie betrachtete ihn unauffällig.
Wieder mal Sehnsucht, nicht nach dem All, sondern nach dem abenteuerfähigen Alter.
Oder ist das das Gleiche?
Ihr Abenteuer war ja im Grunde bloß pragmatisch. Sparte im Monat das Geld, das eine neue Wohnung mehr gekostet hätte als die Jahreskarte. Bahncard 100, ohne Erwartung: 388 Euro im Monat, Duschen extra (und zwar happig). Dennoch günstiger als Wohnen, so war das jetzt mit den Wohnungen.
Ich möchte lieber nicht.
Jetzt, da sie sah, dass es noch Pfadfinder gab (wahrscheinlich fuhren sie ins Sommerlager), dachte sie übers Zelten nach. Ein Zelt aufschlagen. Daran hatte sie kurz gedacht, gleich als sie erfahren hatte, dass sie ihre Wohnung würde verlassen müssen. Aber sie kannte auch die Zelte der Obdachlosen in den Parks und unter den Brücken. Und sie las und hörte von den Zelten in Parks und unter Brücken und von Trinkern und Vergewaltigungen und Morden. Ein Mann, der eine Frau umbringt wegen Handy und fünfzig Euro.
Wer möchte so leben.
Ich möchte lieber nicht.
Hau ab.

Sie war immer gern Zug gefahren.
Als die Pfadfinder ausstiegen, wär sie gern mit ihnen.

Tröstliches: Ein altes Paar mit zwei Enkeln auf Reisen, das sich als *Oma* und *Opa* ansprach.

Ferne Häuser. Wie wurde darin gelebt.

Im ICE 2156 winkte der Schaffner ab, als sie ihre Bahncard herausholen wollte, sie kannten sich ja. Ein spaßiger Mann, der sie *gnädige Frau* nannte. Nicht spöttisch, er nannte alle Frauen so. Nur einmal hatte eine sich beschwert, sexistischer Kackscheiß, sagte sie zu ihrer Freundin, aber erst als der Schaffner weg war.
Einer ihrer Bekannten, wie die Vögel am Himmel oder die Radfahrer auf den Landstraßen.
Sie hatte viele Bekannte. Schaffner, Pendler. Nicht mit allen sprach sie, das alleinreisende Kind, der dicke Polizist mit seinem Kreuzworträtsel waren auch Bekannte. Aber mit den meisten unterhielt sie sich gern.
Denn sie war zwar gern allein. Da brauchte sie nicht einen Gott oder einen Hund gegens Alleinsein, so wie manche der Unbehausten, von denen man sagt, der Mensch lebt nicht vom Brot allein, ein verhungerndes Herz ist ebenso schlimm, wenn nicht schlimmer als ein verhungernder Körper und darum ein Lebewesen oder eine Wesenheit an seiner Seite zu haben ebenso wichtig oder wichtiger als eine Mahlzeit im Bauch.

Eine Zeitlang aber hatte sie einen Gott gehabt und eine Zeitlang einen Hund. Früher. Einen kleinen schwarzen Hund, einen lieben Kindergott.
Jetzt hatte sie Bekannte. Eine gesellige Alleinige.
So ein Bekannter war auch der Lehrer, mit dem sie freitagnachmittags Backgammon spielte. Er trug eine Strickjacke und hatte ein großes Kinn und so ein ungewisses unruhiges Flackern im Blick. Und war nicht unfreundlich, sondern hatte nur so eine gewisse Trockenheit, die ihr sympathisch war, nie sah sie ihn lächeln. Übers Wochenende fuhr er zu seiner Freundin, die in einer anderen Stadt lebte. Sie fuhren eine Dreiviertelstunde gemeinsam, da schafften sie zwei bis drei Spiele, manchmal vier. Das Backgammon war in einem Holzköfferchen mit einem hohen Rand, so dass die Steine nicht vom Brett fielen. Obwohl man beim Backgammon nicht endlos nachdenken muss, bohrte er dabei immer in der Nase. Er meinte vielleicht, sie bemerkte es nicht, oder er bemerkte es selbst nicht, das kommt vor. Es war, als wollte er das Flackern, das in ihm war, mit dem Finger festhalten. Er hatte sich ihr vorgestellt, aber seinen Namen hatte sie vergessen und nannte ihn *Karlheinzbohrer*, den Namen hatte sie einmal in der Zeitung gelesen und hatte ihr imponiert. Sie gab im Stillen allen ihren Bekannten Namen, weil sie die echten vergaß. (War sie halt *die Namenlose.*) Stellte sich vor, wie Karlheinzbohrer im Physikunterricht vor den Schülern stand in der Strickjacke und mit dem großen Kinn und dem flackernden Blick und nicht lächelte und

in der Nase bohrte. Ob die Schüler über ihn lachten? Hätte ihr leidgetan.
Hatte bewusst keine Kinder in die Welt gesetzt wegen der Finsternis der Zukunft der Welt, erzählte er. War aber doch Lehrer, dachte sie sich, und die Gesetze der Physik stellt er wohl auch nicht in Frage. Und war ihr ein interessantes Rätsel und schien etwas Gutes darin zu liegen, etwas Barmherziges, den Kindern, die nun mal da sind, Licht mitzugeben in die unabänderliche Finsternis.
Und seid auch ihr barmherzig, liebe Schüler, gibt doch Schlimmeres als flackernde Blicke und Nasebohren und Strickjacken.
Das traurige Trinken etwa.
Hass.
Achtlosigkeit.
Das traurige Trinken fand sie am schlimmsten, es ist Achtlosigkeit und Hass zugleich. Müder Hass, lauernde Achtlosigkeit. Gegen sich selbst und gegen die, denen man am Herzen liegt.
Die schweren braunen Glasflaschen der Säufer und traurigen Trinker waren nur acht Cent wert. Die leichten Wasserflaschen der fröhlichen Fitten fünfundzwanzig.
Ein paar ihrer Bekannten nannte sie *Wohltäter*. Das waren die, die ihr etwas schenkten, etwas zu essen aus dem Bordbistro oder eine mitgebrachte Pizzazunge, eine schwäbische Seele, am liebsten ein Stück Kuchen. Manchmal drückte ihr auch jemand Geld in die Hand,

zehn oder zwanzig Euro. Bat sie nicht drum, weder Essen noch Geld schon gar nicht, aber wehrte es auch nicht ab, was fahrlässig wäre. Manchmal ja Sehnsucht nicht nach Kindheit oder All, sondern einem belegten Brot. So ein Gelüst eher, wie nach einem Mann.

Jeden Dienstag traf sie eine ihrer liebsten Bekannten, die zwanzig Minuten vor der Bankenstadt einstieg. Alles an ihr war schmal. Sie war groß, aber schmal, ihre Augen lagen eng beieinander. Sie wirkte wie aus teurem Holz und kam ihr keusch und jungfräulich vor, obwohl sie zwei Kinder hatte, damit hatte das nichts zu tun. Ihre Eltern, oder ein Elternteil, mochten aus Asien stammen, vielleicht Japan. Sie las das *Handelsblatt* und arbeitete in einer Bank, viel mehr wusste sie nicht von ihr. Auch nicht den Namen, den hatte sie natürlich auch gewusst, aber vergessen und nannte sie für sich *die Schmale Jungfrau*.

Die Schmale Jungfrau strich ihr zur Begrüßung meist sanft über den Handrücken, fast ohne Berührung. Sie hatten nur zwanzig Minuten gemeinsam, aber war ein richtiges Frühstück mit hartgekochten Eiern, Obst, grünem Tee aus der Thermoskanne, die die Schmale Jungfrau aus einer roten Tasche mit weißen Punkten auspackte, wie aus so einem farbenfrohen Musical. Sie musste nur aufpassen, sich nicht aufs Businesskostüm zu kleckern.

Die Schmale Jungfrau pendelte täglich, aber nur dienstags schnitt ihr Pendelzug die feste wöchentliche Route. Am Anfang waren sie sich zweimal, manchmal dreimal in der Woche begegnet, dann wieder längere Zeit gar nicht. Damals, zu Beginn ihres Zuglebens, war sie noch nicht in einem festen Kreis durchs Land verkehrt, sondern kreuz und quer herum. Aber das war ihr bald zu mühsam geworden. In diesem ersten Halbjahr hatte sie noch den gedruckten Fahrplan mitgeschleppt, einen Ziegelstein von *Abfahrt/Ankunft Deutschland* für happige sechs Euro. Und hatte sich immer neue Strecken und Verbindungen heraussuchen müssen, scharf rechnen, sich dennoch vertan, Schaffner und Sitznachbarn mit Smartphone befragt, trotzdem auf Anschlüsse gehofft und am Ende immer wieder irgendeinen Zug verpasst, in dem sie hätte schlafen können, oder in einer Sackgasse gelandet. Verrechnet und verhofft. Die eine oder andere Nacht notgedrungen in Gebüschen verbracht oder einmal frierend in einem Buswartehäuschen, das war schrecklich gewesen. Neben dem Wartehäuschen hatte ein großer Container gestanden, der war ihr im Dunkeln, während des zerrupften Schlafs, vorgekommen wie ein dösender Wal.

Ziellos war sie immer noch, aber nicht mehr weglos. Die Nächte außerhalb von Zügen zu verbringen, vermied sie um jeden Preis.

Denn jetzt hatte sie eine Wochenroute, an der sie strikt festhielt. Kreisverkehr. Abwechslungsreicher, als jeden Tag dasselbe zu fahren. Komplizierter zwar, aber im Ausrechnen und Erstellen von Verbindungen hatte sie ja jede Menge Erfahrung. Alle Arten von Fernzügen darin, vom ICE bis zum Regio, und in die Berge hinauf und hinunter durch tiefe Täler und geradeaus in flachem Land und ein Stück am Meer entlang, nicht einfach, alles einzubinden. Die Route hatte Puffer und Alternativen, hier herum, dort herum, hinten rum, oder ließ sich abkürzen oder konnte man Stücke abschneiden, um wieder auf gewohnter Route einzusteigen, falls man einen Anschluss verpasste wegen technischen Störungen, Verzögerungen im Betriebsablauf, erhöhtem Verkehrsaufkommen, Personen im Gleis. Oder Unfällen mit Personenschaden, von denen am nächsten Tag nie was in der Zeitung steht. Immer wieder hauten Unfälle mit Personenschaden den Zug aus dem Fahrplan. Durch die feste Route war sie auch vor anderen Gefahren geschützt, etwa versehentlich aus dem Land zu fahren. Ganz am Anfang ihres Zuglebens war sie einmal im Süden eingeschlafen und in der Schweiz wieder aufgewacht. Da hatte sie happig nachzahlen müssen und für die Rückfahrt noch mehr, hatte ihre Reserve schmerzhaft angegriffen und sie sich mit dem Witz getröstet, den ihr der Kollege, der später eine Frau geworden war, einmal erzählt hatte: Kommt ein Mann in Zürich in die Bank, beugt sich zum Bankbeamten vor und flüstert, ich möchte hunderttausend Franken einzahlen. Sagt der Beamte, sprechen Sie lauter, junger Mann, Armut schändet nicht. Mit hintergaumigem *ch* in *sprechen* und *nicht*, wie in *Rauch*. – Jetzt achtete sie also drauf, im Streckennetz der Deutschebahn zu bleiben. Ein Käfig, aber im Käfig ist ein Vogel frei.

Kreisverkehr nach Nirgendwo.

In den Grenzregionen ging oft Polizei durch die Züge. Manchmal durchzuckte es sie, die suchen ja mich! Aber die Polizei interessierte sich nicht für sie. Suchten wohl meistens Flüchtlinge.
Unser Frühstück im Grünen, sagte die Schmale Jungfrau und lachte. Sie erzählte beim Essen von ihrer Tochter, die so gut Geige spielt, von ihrem Hund, der vor kurzem von einem Lieferwagen angefahren worden war, von ihrem Opernbesuch gestern Abend, bei dem ihr die Tränen geflossen waren. Und erkundigte sich nach ihrem Befinden, nach Beinen, Rücken, Nacken. Als tastete sie sie ab. Ihre Haut ist sehr trocken. Aber nur ihren Körper. Nach ihrem Leben fragte sie nie, dazu war sie zu diskret.
Trotzdem oder gerade deshalb erwähnte sie dieser Bekannten gegenüber manchmal Dinge, die sie sonst nie erzählte. Meistens aus ihrer Kindheit: dass sie gern auf Pferden geritten war und Klavier gelernt hatte, aber nur bis siebzehn, danach leider nicht mehr, der streunende Hund in der Nachbarschaft, riesig und nackt und braun. Halluzinationen. Als sie die Schmale Jungfrau von *Madame Butterfly* sprechen hörte, dachte sie an das Opern-Abo, das sie einmal gehabt hatte, zur Zeit ihrer Ehe, an all die in Musik sterbenden Frauen. Aber erwähnte sie nicht.
Die zwanzig Minuten vergingen immer schnell. In der letzten Minute packte die Schmale Jungfrau das

Kunststoffgeschirr zusammen, knüllte die Eierschalen ins *Handelsblatt*, zog den Lippenstift nach. Wissen Sie, sagte sie und strich ihr sanft über die Hand, fast ohne Berührung: Wissen Sie, ich würde gern einmal mit Ihnen im Zug sitzen bleiben.

Manchmal hatten sie ein paar Minuten mehr fürs Frühstück im Grünen. WEGEN ERHÖHTEM VERKEHRSAUFKOMMEN. Die Sommerferien gingen zu Ende.

Fuhr der Zug aus den Bergen ins Flachland, sah die Welt aus, als wären ihr die Berge abgeschnitten worden. Fuhr der Zug aus dem Flachen in die Berge, als bekäme die Welt Beulen und Geschwüre. Und manchmal sah sie Wolken am Abendhimmel über dem flachen Land und dachte Materie, die sich über Nacht zu Bergen verdichten wird.

Einen Bekannten traf sie sogar zweimal in der Woche im ICE, montags in aller Herrgottsfrühe in die eine Richtung, Freitagnachmittag in die andere, ein Zufall ihrer Route. Älterer Herr war das, Arzt im Ruhestand, lächelte ständig, glattes Gegenteil von Karlheinzbohrer. Er verbrachte die Arbeitswoche bei seiner Tochter und dem einjährigen Enkel, damit die Tochter promovieren konnte. Nur übers Wochenende fuhr er in sein Haus in der Heimatstadt und ging Samstagabend ins Theater. Er las im Zug die *ZEIT*, freitags den vorderen, montags den hinteren Teil. Die *ZEIT* wird immer hohler, sagte er und hatte einen großen weißen Wuschelkopf, Glücksfall für einen Mann, nur vielleicht bisschen tantig. Wie so ein Blumenkohl, aber nicht künstlich und betoniert wie bei alten Frauen, sondern eben wuschliger. Kein Betonblumenkohl, vielleicht ein Bio-Blumenkohl. Gütiger, silberbrauner Teint darunter und hatte einen leichten, unbestimmbaren Akzent, Rumäne oder werweißwas. Namen hatte sie vergessen und sagte für sich *Doktor Wildblumenkohl.*

In einem anderen, gezielteren Leben hätte sie vielleicht Arztfrau sein mögen. Nicht Ärztin, sondern Arztfrau. Andererseits, sie war mit genug Akademikern verheiratet gewesen. Und überhaupt oft genug, nämlich einmal, das war einmal zu viel. Herr Professor Arschloch. Hatte Lilo gesagt, die ihn aber doch nur aus Erwähnungen kannte, sie hatten sich ja erst nach der Scheidung kennengelernt. Keinen Erzählungen, nur Erwähnungen. Nichts außer Gutem über die Verflossenen, Lilo! Jaja. Damals war er Jungakademiker gewesen, dieser Ehevollstrecker, heute vermutlich *Emeritus*, aber hatte sie null Information drüber. Irgendwo da, sie blickte aus dem Fenster. Sie *Eremit.* Wer hätte das gedacht damals im blauen Haus, aber dass es nicht gut gehen konnte, das schon. Nun gut, keinen Tropfen nachweinen dieser Zeit.

Ihr verhinderter Ehemann, Doktor Wildblumenkohl, lud sie freitagnachmittags ins Bordrestaurant ein. Wie gehts gesundheitlich, fragte er jedes Mal und brachte

ihr gegen etwelche Wehwehchen und Zipperlein, von denen sie beim Essen erzählte, montagherrgottsfrüh Pillen oder Salbe mit, auch verschwiegen was Rezeptpflichtiges. Mal wars ein empfindliches Geschwür am Daumen, mal juckender Hautausschlag am Bauch, mal so elender Fußpilz, weil nicht mehr viel Luft an die Füße kam, wie sie es früher gern gehabt hatte, denn barfuß im Zug, naja. Auch mal Antibiotikum oder bloß Flohsamenschalen. Nur als es sie das einzige Mal richtig umgehauen hatte, hatte er ihr nicht helfen können, das war an einem Mittwoch gewesen.
Bestellen Sie einen Nachtisch, verordnete Doktor Wildblumenkohl freundlich. Er hatte selbst immer Riesenappetit, immer Vorspeise, Hauptgang, Nachtisch. Möchten Sie ein Stück Kuchen? Er sagte *Speisewagen* statt Bordrestaurant und nicht Babysitten, sondern *Enkelhüten.* Und beim Aussteigen: Passen Sie auf Ihre Tasche auf. Und auf sich. Hüten Sie sich. Bis zum nächsten Mal.

Etwas beunruhigte sie: dass die freundlichen Menschen in letzter Zeit freundlicher wurden. Auch die Wohltäter wurden großzügiger. Als wollten sie etwas auf einer Seite der Waage hinzutun, deren andere Seite immer schwerer wurde.
Was war die andere Seite?
Eine Art nervöser Gereiztheit. Feindseligkeit.
Immer da gewesen, schon in den letzten Wohnungsjahren, aber in letzter Zeit wurde sie stärker. Böse Bli-

cke, die auf sie geworfen wurden. Ein Stoß mit dem Koffer, den jemand ihr anscheinend absichtlich versetzte, als sie ihm im Weg stand. Tritt eines Mannes nach einem Hund. Ein zehnjähriger Junge, der seine Mutter beschimpfte, weil sie die Regeln eines Kartenspiels nicht begriff. Der tat ihr schlimmer weh als böse Blicke und Kofferstöße. Kam sich dünnhäutig vor, wie die Beine geschwollen.

Oder die Frau um die fünfzig, die einmal neben ihr gesessen hatte, sympathisch, in einer zartrosa Bluse. Sie konnten Bruchstücke eines Gesprächs zweier Männer vor sich hören, auf Englisch, ein älterer Mann und ein junger Afrikaner. Der Afrikaner schien ein Flüchtling zu sein, so genau verstand man das nicht, jedenfalls nicht von hinten. Schließlich wollte der ältere Mann dem Afrikaner, als dieser ausstieg, einen Geldschein in die Hand drücken. Der ältere Mann hielt ihm ungeschickt einen Geldschein hin, der Afrikaner lehnte ab. Er bedankte sich und stieg aus, da flüsterte die Frau in der zartrosa Bluse ihr zu: Der hat wohl den Hals schon voll genug. Es war das Erste, was sie während der Fahrt zu ihr sagte, und das Letzte. *Der* hat wohl den Hals schon voll genug. Wie verächtlich man *der* sagen kann.

Sie wollte sie anschreien, aber das *Hau ab* blieb ihr in der Kehle stecken, sie wusste nicht warum.

Vielleicht, weil sie nur schreien konnte, wenn es gegen sie selbst ging? Aber es ging ja gegen sie. Ihr war, als tatschte die boshafte Frau sie an.

Den Afghanen hatte sie angeschrien damals. Er hatte sie auf einem Bahnhof bedrängt, wo sie spätabends hängengeblieben war, war sie um Geld angegangen, er müsse in eine andere Stadt fahren. Ein junger, schöner Mann, außergewöhnlich schön, und mit einer Alkoholfahne. Er machte ihr Angst, weil seine sanften Augen so glänzten. Als sie ihm nichts gab, war er aggressiv geworden, hatte an ihrer Jacke gerissen. Hau ab, hatte sie da geschrien, und dann war ein anderer Bahnhofsbewohner gekommen und hatte ihn angeschrien, und da war der Afghane abgezogen.
Im Zug nähte sie einen halb abgerissnen Knopf wieder an der Jacke fest.
Ihr war, als gehörte das alles zusammen. Und fragte sich, was los war mit den Seelen, dass sie sich so schnell vergiften lassen. Oder ist der Mensch bloß so eine Impulsreaktionsmaschine, und sind die Zeiten gut, ist er hilfreich und edel, aber wenn paar Unruhepulse kommen, wird er gleich happig und garstig und plem?
Als wäre etwas umgekippt, oder doch ins Schiefe. So dass sich Löcher öffneten, aus denen was kam.
Blieb sie lieber in einer leichten Umlaufbahn darüber.

Hütete sich. Ihr ganzes Leben.

Die Unbekannten aber wollen weder Gut noch Böse. Die Unbekannten wollen wahrscheinlich niemandem etwas. Sie sind einfach da.

Oder auch nicht. Manchmal spähte sie nach ihnen, auf dem Gang, vor der Toilette: den Bewohnern der Ritzen, der Spalten, der Löcher, Winkel, Lüftungsrillen. Nicht zu auffällig suchen, nur wenn niemand dabei stand; wer sie so sah, würde sie sonst für plem halten. Aber entdeckte nie eine Spur von ihnen. Trotzdem wusste sie, dass sie da wohnten. Wo sonst? Nur dass sie sich bei Tag verbargen. Um erst später herauszukommen: in der heiligen, fürchterlichen Nacht. Dann gehen sie lautlos an einem vorüber.

Gingen vorüber, ohne auf die Menschen im Zug zu achten, wie Feiertage. Auch die hatte sie ein Jahr lang in Zügen verbracht, in zusammengewürfelten Gemeinschaften. Am Heiligabend irgendein Witzbold oder sentimentaler Genosse, der Weihnachtslieder aus seinem Smartphone scheppern ließ: *Es ist ein Ros entsprungen. Last Christmas I gave you my heart.* Zu Silvester paar Fahrgäste, die gemeinsam Sekt tranken, und als draußen Feuerwerk zu sehen war, rief wer: *Frohes neues Jahr!* Und ein anderer: *Bumm!* Am Karfreitag war Karlheinzbohrer nicht im Zug, und spielten also nicht Backgammon, waren ja Schulferien, und ihr stockte aus alter Gewohnheit den ganzen Tag lang der Atem über diesen fassungslosen schwarzen Tag. Auf den ohnmächtigen Äckern noch Schneematsch. In der Osternacht aber schaute sie aus alter Gewohnheit die ganze Nacht lang ins Schwarz hinaus. Hier und da Osterfeuer, wie wunderschön. Auferstehung, auweia. Am Oster-

sonntag schenkte ihr ein Witzbold oder Wohltäter einen Goldhasen.
Den ersten Geburtstag im Zug allein verbracht. Der zweite fiel auf einen Dienstag, also dachte sie sich das Frühstück im Grünen als Geburtstagsfeier. Ohne der Schmalen Jungfrau, die wie aus teurem Holz war, etwas zu sagen. Als die Jungfrau nach zwanzig Minuten ausgestiegen war, blickte sie wieder aus dem Fenster und dachte daran, dass sie heute Abend zum zweiten Mal ihren Geburtstag im Zug verbracht haben werden würde.

Eine Pfandflasche rollte im Gang, die steckte sie diskret, schwupps, in die Tüte.

Mietskasernen, Kriegerdenkmäler. Kreisverkehre. Rehe.

Hast ein Reh du lieb vor andern,
laß es nicht alleine grasen

Jäger ziehn im Wald

Am Mittwoch hatte sie Pfandflaschen für fast zwanzig Euro eingesammelt, ein außergewöhnlich guter Tag, sie konnte die Tüten kaum tragen. Das Sammeln war ein Zuverdienst und eine Beschäftigung. Ihre mickrige Rente reichte vorn und hinten nicht. Siebenundneunzig Euro pro Woche brauchte sie, um am Ende des Monats ihre Bahncard bezahlen zu können. Bei einer jährlichen Einmalzahlung hätte sie achtunddreißig Euro dreiundachtzig pro Monat gespart, aber an so viel Geld auf einen Schlag war nicht zu denken. Deshalb musste sie mehr ausgeben, Armeleuteschicksal.

Und wollte sich ja nicht auf ein Jahr festlegen.

Manchmal, wenn es eng wurde, musste sie mehr Flaschen sammeln und weniger essen. Denn die Reserve wollte sie nicht anrühren.

Aber für die Bahncard reichte es immer. Sie zahlte in bar im Reisezentrum einer großen Stadt. Das Geld hob sie zuvor in einer mittleren Stadt ab, in einer Bankfiliale, die gegenüber vom Bahnhof lag. Jedes Mal ein mulmiges Gefühl, den Bahnhof zu verlassen und in die Stadt zu gehen; wenn auch nur einmal über die Straße. Dabei verließ sie die Bahnhöfe öfter mal, aber immer nur ein kleines Stück, feste Anlaufpunkte: günstiger Asiate, eine Dönerbude, wo immer Jazz läuft, eine Bäckerei mit Feierabendpreisen. Die Bäckerin, hinreißende Frau mit Kopftuch und Kilo Schminke, packte ihr noch was dazu, was übrig war, Schokocroissants, Sesamringe, Seelen.

Und blieb auch in den Zügen einiges liegen. Nahm sie im Vorbeigehen mit, wenn es nicht zu arg aussah (Feuchtes nur verschlossen, Trockenes auch offen, Kekspäckchen etwa, aber nichts Angebissnes; neulich eine halbvolle Röhre Paprikachips, was durstig macht und betäubt die Zunge und schlaflos). Ein Regenwurm, der sich durch seine Welt frisst. Aber diskret, wenn keiner hinsah. Einmal fand sie hungrig im ICE 2027

zwei Papiertüten mit unberührten McDonald's-Menüs, die jemand hatte stehen lassen, vielleicht in Eile. Und die waren noch warm, wie von Engeln hingestellt. Kam niemand zurück, sie zu holen, und da hatte sie sie aufgegessen und dabei noch an den Tasmanischen Teufel gedacht, der rote Ohren bekommt und vor Wut stinkt und wild kreischt und das Maul mit den großen Zähnen aufreißt, von dem sie nämlich im *Spiegel* gelesen hatte, dass er auf einen Schlag vierzig Prozent seines Körpergewichts verschlinge, bei einem Menschen wären das zweihundert Hamburger. Eine halbe Stunde später musste sie sich übergeben. Zwei dicke Burger, zweimal Pommes frites, zwei große Becher Cola, kein Wunder. War sie doch kein Regenwurm und nicht mal hundertstel Tasmanischer Teufel. – Aber vertrug sonst fast alles. Nach dem Übergeben und mit Loch im Bauch trank sie in der Zugtoilette zwei Flaschen Wasser und griff dann ausnahmsweise in die Reserve und kaufte sich im Bordrestaurant ein Stück Streuselkuchen.
Besonderer Fall. Alltäglicher Nachteil dieser Ernährung und ihrer Lebensweise, dass die Verdauung manchmal verrücktspielte oder nicht mehr mit. Aber Bananen, Äpfel, Orangen gabs auch oft irgendwo zum Mitnehmen.
Apotheke brauchte sie nie, wegen Doktor Wildblumenkohl. Aber ab und zu gönnte sie sich eine Dusche, happige sieben Euro für zwanzig Minuten am Hauptbahnhof, zweimal Flüssigseife inklusive. Exorbitant,

lieber wusch sie sich am Waschbecken in der Behindertentoilette, dem Bad.

Die Reserve in der Brusttasche rührte sie fast nie an, manchmal konnte sie sogar noch einen Zwanzigeuroschein dazutun. Ohne die Pfandflaschen wärs allerdings eng geworden.

Obwohl sie jetzt Hunger hatte, gab sie nichts aus, sondern ging in die DB Lounge. Wie so ein schönes Krankenhaus, das Krankenhaus ihrer Träume. (Als Kind hatte sie einmal wegen des Blinddarms einige Tage im Krankenhaus bleiben müssen und wäre gern für immer dort geblieben.) Sie zeigte beim Hineingehen ihre Karte vor, war aber wohlbekannt, und setzte sich in einen bequemen roten Ledersessel, in eine halbversteckte Ecke neben einer dieser großblättrigen Gummipflanzen, denen man das Leben nicht glauben mag, und schob ihre Tasche unters Aluminiumtischlein.

Zum Glück war heute Manu da, auch so ein Bekannter. Er winkte ihr von weitem zu und kam bald mit seinem Tablett herbei, auf dem ein Sandwich mit Frischkäse lagen, eine Banane und ein Stück Pflaumenkuchen, dazu ein großer Milchkaffee. Essen gab es in der Lounge eigentlich nur für die erste Klasse, aber Manu gehörte zu den Wohltätern. Er gehörte zu den Menschen, die Bedürftigkeit spüren mit einer Art sechstem Sinn. Oder auch bloß mit den normalen fünf, sie unterschied sich ja von den anderen Gästen in der Lounge, darum auch das Durchwinken am Einlass.

Sie hätte seinen Namen längst vergessen, aber er trug ein Namensschild an der Brust.
Während sie aß (erst den Kuchen, dann die Banane), geschah etwas Hässliches. Ein Mann, der zwei Tische weiter in die *Frankfurter Allgemeine* vertieft gewesen war, ließ die Zeitung halb sinken und schob halb den echsenhaften klugen Kopf dahinter vor, um sie anzuschauen. Körperhaltung wie eine große Sprungfeder in sich. Sie wusste nicht, was er wollte, aber er fixierte sie längere Zeit, aus kleinen Augen über den Rand seiner Brille, die auf die Nasenspitze runtergeschoben war. Er schien noch jung, vielleicht Ende zwanzig, Anfang dreißig, und sah verkleidet aus mit seiner Lesebrille auf der Spitznasenspitze und seiner übergroßen *Frankfurter Allgemeinen* und seinem schlecht sitzenden schwarzen Anzug mit beiger Krawatte voller Tannenbäume.
Dennoch diese Sprungfeder.
Und nach einer Weile sagte er in leisem, ruhigem Ton zu ihr: Haben Sie wieder was geschnorrt, ja?
Und starrte sie an.
Sozialschmarotzer, fügte er dann im selben ruhigen Ton hinzu. Ein leichtes Zischen darin. Er fixierte sie noch einen Moment, dann faltete er die Zeitung ein, stand auf und verließ die Lounge.
Sie wollte ihm nachschreien. Aber wieder bekam sie das *Hau ab* nicht heraus, der Schrei erstickte in ihrer Kehle in der schönen Lounge, im bequemen Sessel. Sie sah dem Mann nach, der, ohne sich umzudrehen, den Raum verließ und im Bahnhof verschwand.

Niemand im Raum hatte etwas mitbekommen.
Es war schrecklich. Sie kannte diesen Mann nicht, aber er sie.

Auf der Fahrt des EC 171 durch einen langen Tunnel fiel auf einmal der Strom aus, und war schwarz. Spürte sie das Ruckeln des Zugs, aber nicht mehr sicher, ob er noch fuhr oder eben nur ruckelt. Im Stehen auf der Stelle. Sie überlegte, ob es lohnte, in der Dunkelheit die Augen offen zu halten. Aber lohnt es, in der Dunkelheit die Augen zu schließen? Beides kam ihr sinnlos vor.
Sie saß verkehrt herum in der Dunkelheit. Aber vielleicht auch nicht, was ist schon verkehrt herum, wenn es keine Richtung gibt, sondern bloß im Stehen ruckelt. Oder gab es eine Richtung, die sich nur immerzu änderte? Weil alles durch und durch gezackt war und geradeaus unmöglich?
Es gab keinen Tunnel mehr. Der Zug hat längst die Gleise verlassen und strömt irgendwohin im grenzenlosen Schwarz.
Sie spürte besorgt nach dem Riemen der Tasche. Der lag noch immer um ihr Bein. Also war auch die Tasche noch da.
Also war auch die Wechselwäsche noch da und die Zahnbürste und das Nähzeug und das kleine dicke gelbe Buch.
Will mich Gegenwart umfangen
Das war nur einen Augenblick, dann ging das Licht im EC 171 wieder an.

Auch die Zeit ist innen hohl.

Einmal in ihrer kurzen Studentenzeit hatte sich jemand vor eine Straßenbahn geworfen, ein junger Mann. Es war ein schöner Frühlingstag gewesen und eine belebte Straße, die Sonne hatte ihr grad ins Gesicht geschienen, und sie hatte es mitangesehen. Viele hatten geschrien. Sie hatte, weißgottwarum in diesem Moment und weißgottwarum diesen flüchtigen Gedanken in diesem Moment für immer behalten, gedacht, ich habe seit zwei Jahren kein Klavier gespielt und sollte vielleicht mal wieder. Dann war der Gedanke weg und dafür dieser Anblick, diese Art Sprung, die Straßenbahn. Der Anblick hatte sie tagelang durchgerüttelt, sie war sogar eines Nachts hochgefahren und hatte gedacht, dieser da wäre mein Mann geworden, wie im Fieber, und hatte dieses Durchrütteln noch Wochen später gespürt. Und das Leben war ihr vollkommen unnütz vorgekommen.

Tunnel, Brücken. Rein, raus, drüber weg. Durch einen Berg. Über einen breiten Fluss mit großen Frachtkähnen, da bedauerte sie, nicht auf einem dieser Kähne zu hausen.

Hinter den Fassaden einer mittleren Stadt, nur paar hundert Meter Luftlinie entfernt, lag die Wohnung, in der sie dreißig Jahre lang gelebt hatte. Denn sie musste doch dort noch liegen, diese kleine Wohnung?

Aber vielleicht war sie ja fort?
Es gab einmal eine Wohnung. Klein war die, und befand sich eine Ecke in ihr, in der einmal ein kleiner schwarzer Hund geschlafen hatte, und durchs Küchenfenster sah man die Tauben im Hof.
Und sah einen Park, der am ICE vorüberflog, die Bäume schon kahl und zwischen ihnen, etwas fern, die Spitzen eingeklappter Sonnenschirme, so ein Parkcafé, in das sie öfter am Wochenende gegangen war. Und Dienstag bis Samstag in der Stadt hinter dem Park das Reisebüro, das es nun nicht mehr gab, das war sicher. Das hatte sie noch verschwinden sehen, wie Jahrzehnte zuvor das Hutgeschäft. Jetzt befand sich dort irgendein Imbiss oder so, natürlich bio und schnickschnack und nannte sich Manufaktur usw. Zwei ihrer früheren Kollegen waren einmal hingegangen aus Neugier, hatte sie aber nicht mitgehen wollen.
Da war der Zug schon wieder herausgefahren aus der mittleren Stadt.

Die Stadt, die Wohnung waren die Welt, aus der sie verschwunden ist als Kind.

An den kleinen schwarzen Hund dachte sie manchmal, aber ohne den Namen, den sie ihm gegeben hatte, denn der hatte nie zum Hund gepasst. Namen passen nicht zu Tieren. Und dachte öfter an den Hund als an die Wohnung, die sie gar nicht vermisste, außer manchmal bisschen Bequemlichkeit.

Nur das kleine Wohnzimmer war zur Straße hinausgegangen, wo sie jeden freien Montag, wenn das Büro geschlossen war, Kinder morgens zur Schule hatte gehen sehen und mittags heim, jahrein jahraus und immer neue, und waren ihr dann meistens so unerträglich traurig vorgekommen in ihrem Zur-Schule- und Heimgehen und hatten jedenfalls in ihr (denn was wächst, wird welken) immer Traurigkeit hervorgerufen, die sie versicherte, dass es, worüber sie nicht immer sicher gewesen war, gut war, dass sie keine Kinder hatte. Hatte sich nicht ergeben. Obwohl sie die paar Männer im Lauf des Lebens, das ihrs sein sollte, gemocht hatte; außer den, mit dem sie verheiratet gewesen war.

Und kam durch eine andere mittlere Stadt, in der es einmal ein blaues Haus gegeben hatte und ein perlopalgrünes Haus. Sie lachte heute noch beim Gedanken an *perlopalgrün.* Das war so lange her, diese Häuser waren vielleicht längst abgerissen, und vermisste sie nicht.

Kam durch noch eine andere mittlere Stadt, in der also der Mann lebte, der mal ihr Mann gewesen war, jetzt wohl Emeritus, oder gelebt hatte, und Kinder hatte er wohl auch noch bekommen, dem Hörensagen nach, aber bestimmt nicht mehr im selben blauen Haus und derselben Stadt gelebt, und die Kinder mussten dann auch längst aus dem Haus sein, welche Farbe es auch hatte.

Und schaute durch Regenschlieren auf die kleine Stadt, in der ihre Mutter begraben lag. Das war nicht die kleine Stadt, in der ihr Vater mit seiner zweiten Frau begraben lag. Kuddelmuddel im Himmel und auf Erden. Der ICE hielt in keiner von beiden, durch so kleine Städte saust er bloß durch.

Hielt aber natürlich in der großen Stadt, in der ihr großer Bruder begraben lag. Da fuhr der Zug nah am Friedhof vorbei, wenn er die Stadt wieder verließ. Das war die Gegend, wo viele Radfahrer aus der Stadt rausstrampelten. Wären nicht einige große Tannen gestanden, hätte sie vielleicht das Grab sehen können oder zumindest ungefähr, wo es war, und fragte sich, wie sie das wohl fände. Den großen Bruder hatte sie geliebt wie keinen andern Mann im Leben, dabei war er damals ja noch Kind gewesen. Die Streifzüge durch die Wohnung, in die geheimen Winkel der Zimmer. Durch die Straßen, zu den Schmetterlingen. Durch den nahen Wald. Mit ihrem großen Bruder bestand die Welt aus Herzklopfen und Geborgenheit. Dass ein großer Bruder tot sein kann. War auch schon eine Weile her. Als sie die Kindheit verließen, hatten sie sich schon voneinander entfernt. Er wurde weder Ritter noch Fußballstar, sondern Bankkaufmann und Vater, zu seiner Frau und seinen Kindern hatte sie keinen Draht. Keine Abneigung, das alles, aber die Entfernung war so groß und im Grunde unüberwindbar geworden, dachte sie jetzt, schon als sie erwachsen wurden. Seltene Begegnungen bei seltenen

Familienfeiern, Beerdigungen der Eltern, an den Geburtstagen manchmal telefoniert. – Da war der Friedhof schon längst nicht mehr zu sehen und der Zug aus der Stadt raus.

Am Anfang ihres Zuglebens hatte sie in all diesen Städten nur zur anderen Seite aus dem Fenster geschaut, zur Sicherheit. Hatte schon beim Einsteigen drauf geachtet, auf der anderen Seite zu sitzen. Merkte aber bald, das tut ja nicht weh hinauszublicken. Auch Erinnerungen sind geheimnisvoll und gleichgültig. Ein Teil der Welt, zu der sie weder gehört noch passt: ihr eigenes Leben. *Mein Leben*, das klingt fast so unheimlich und lächerlich wie *Seele*. Auch so schön?
Wie sie auch balancierte und kippelte am Rand dieses ihres Lebens, sie würde schon nicht hineinfallen. Höchstens ganz hinaus.
Aber wär das schlimm?

Fühlte sich, wenn sie in sich war, sich selbst ferner als irgendwo. Konnte sie so viel in sich hineinschauen, wie sie wollte. Wie sie die Augen auch aufriss oder zukniff.

Mein Leben, Landschaft.

Als sie lange Haare gehabt hatte, hatte sie beim Reiten den Wind in den Haaren gespürt. Das Pferd hatte einen weißen Fleck auf der Stirn und gehörte einer

Freundin der Mutter, die am Rand der Stadt wohnte. Die Freundin nannte den Fleck Stern.
In ihren langen Haaren verfingen sich Spinnennetze, wenn sie mit ihrem großen Bruder in den Wald ging. Dort bückten sie sich nach Erdbeeren und nach Sauerampfer, und einmal nach Brennnesseln. Das brannte auf den Lippen: Atemlosigkeit und Geborgenheit. Die langen Haare trug sie als Kranzzopf, wenn sie in die Kirche ging. Sie betete gern, aber ohne Angst vor Gott, denn der war freundlich. Sie konnte sich verschwinden lassen. In ihrem Haus stand ein Klavier, auf dem sie gern spielte, und wenn sie das Haus verließ, hielt sie am Himmel Ausschau nach Wildgänsen wie Nils Holgersson. Die Welt war voll von Mauern und Ecken, hinter denen sich Geheimnisse verbargen. Es gab einen streunenden Hund, riesig und nackt und braun. Der alte, knittrige Nachbar zog sein Bein nach, er starb erst viel später. Sein Buch mit aufgespießten Schmetterlingen schauten sie mit Lust und Gruseln an. Lust und Gruseln verwandelten sich in einen unendlichen Schrecken, als unter ihren Fingern der Schmetterling zu Staub zerfiel, den sie und ihr Bruder heimlich herausgenommen hatten. Aber auch dieser unendliche Schrecken war eine Lust. Dann war sie erleichtert und zugleich enttäuscht, als sie aufwachte und begriff, dass es nur ein Traum gewesen war. Den vergaß sie nie. Als sie älter wurde, kamen ihr die Schmetterlinge wie aufgespießte Sterne vor, und sie ließ sich die Haare gern vors Gesicht fallen. – Irgendwann gab es die Freundin

der Mutter nicht mehr. Darum gab es natürlich auch das Pferd und den Stern nicht mehr, und später gab es auch die Mutter und irgendwann den Bruder nicht mehr. Und der knittrige Nachbar, der den Fuß nachzog, der war schon ewig tot. Aber damals gab es den Nachbarn und die Mutter und den Bruder und das Pferd und den Stern und den Wind in den langen Haaren. Und sie hatte Frühling und Sommer und Herbst und Winter und wieder Frühling, und Tag und Nacht.

Als sie lange Haare und eine Wohnung und einen Beruf gehabt hatte, da hatte sie auch ein Fahrrad und ihre beste Freundin Lilo gehabt. Und eine Zeitlang den lieben Lockenkopf, einen kleinen Mann, wenn auch nicht so klein wie sie, der zu viel und zu allein trank und Heidegger las und lieber onanierte, als mit Frauen zu schlafen, das erzählte er freimütig, und sie fand es schade. Aber nicht schlimm. Aber schade doch, denn ab und zu hat man ja ein Gelüst. Wenn er nicht trank und Heidegger las und onanierte, fuhr er Taxi und renovierte Wohnungen, sein Studium hatte sich irgendwann am Nagel aufgehängt. Und bosselte seit x Jahren an einem Roman, von dem klar war, dass es ihn nie geben würde. Dabei saß er tagelang im Zimmer und daran. Du suchst dir immer die Schwierigen aus, sagte Lilo, die Komplizierten, die Pingeligen. Er muss ja längst einen Tennisarm haben vom Trinken und Heideggerhalten und Onanieren. – Und eine Zeitlang auch einen Hund, einen kleinen schwarzen Mischling, elf Jahre wurde der alt und drei Monate und zwei Tage. Und elf Jahre und drei Wochen und vier Tage schlief er in derselben Ecke in der Wohnung, bis sie ihn, weil er sich schon lange geschleppt hatte und gequält, zu einem Tierarzt brachte, wo er sterben durfte. – Die Wohnung war aber nichts Besonderes, auch die Gegend nicht, sie lebte darin wie in einer Kapsel, irgendwo gelandet. Wenn sie in den Straßen um die Gegend herumging, kam ihr die Gegend manchmal vor wie ein Gefängnishof, in dem sie Auslauf hatte. Und in den letzten Jahren kam ihr die Welt immer feindseliger vor. – Einmal im Jahr machte das Reisebüro große Ausfahrt, eine gemeinsame Reise in eine schöne Stadt wie München, Wien oder Paris, später auch Bukarest, Moskau, Riga. Im Büro gab es den Kollegen, der irgendwann eine Frau wurde, da waren sie plötzlich im Büro ein Mann weniger und eine Frau mehr. Er war eines Tages ins Büro gekommen, hatte Schokoladenkuchen für alle mitgebracht und ihnen erzählt, dass er bald die Frau würde, die er schon immer war. Sie gewöhnten sich leicht daran, außer einem Kollegen, der immer ein Miesepeter war. Trotzdem verließ sie, die früher er gewesen war, ein paar Monate später das Büro, weil sie eine andere Stelle gefunden hatte und zwar auf einem Kreuzfahrtschiff, da waren sie wieder eine Frau weniger, aber kein Mann mehr. Dann wurden sie noch weniger Männer und noch weniger Frauen, und der Kollege, der wie ein Knäckebrot war und Kette rauchte und sich für Kunstgeschichte interessierte, starb. Dann ging auch noch die Klimaanlage kaputt, und sie fragten sich, ob es lohnte, sie zu reparieren, denn das Geschäft lief immer schlechter. Sie hatte Frühling und Sommer und Herbst und Winter gehabt und wieder Frühling, und Tag und Nacht, und mit ihrer Freundin Lilo machte sie manchmal die Nacht zum Tag und den Tag zur Nacht.

Als sie lange Haare und einen Ehemann gehabt hatte, da hatte sie noch keinen Beruf und keine Wohnung gehabt. Sie hatten ein Opern-Abonnement auf günstigen Plätzen im Rang und lebten in einem blauen Haus, auch dann noch, als der Ehemann eine Geliebte hatte, die er nicht liebte. Das vermutete sie zumindest, wenn sie ihrerseits in den Armen des Liebhabers im perlopalgrünen Haus lag, der seinerseits sie nicht liebhatte. Aber er brachte sie zum Lachen, indem er zum Spaß immer wieder *perlopalgrünes Haus* sagte. An sich war das ein schöner Neubau, den der Vermieter als perlopalgrün pries. Popelgrün, sagte sie. Und dachte: Ich möchte lieber nicht. Sie ließ sich noch immer gern die Haare vors Gesicht fallen. Der lieblose Liebhaber hatte so eine glatte reine Haut, so eine hatte sie später nie wieder berührt, obwohl sie noch manche Häute berührt hatte. Aber er sah durch sie hindurch, während er sie streichelte, aber sie wohl auch durch ihn. Und er war ein großer Mann, so wie der Ehemann, wenn auch nicht ganz so groß, dafür war seine Haut glatter und reiner. Die Frauen in der Oper starben in Musik an der

Liebe, und Frau K., die gern fliegen wollte und als Kind gern in die Kirche gegangen war, die ging ins Wasser. Vorher hatte es einen kurzen Moment in dieser Oper gegeben, in dem zwei Stimmen zusammen sangen, nur ein einziges kurzes Mal, sonst sangen alle allein; da hatte sie einen Heidenschreck bekommen, und es war schrecklicher und einsamer, als wenn die Stimmen immer allein geblieben wären. Dann gab es keine Ehe und kein Opern-Abonnement mehr, und ein Liebhaber ohne Ehemann hatte auch keinen Zweck. Zu dieser Zeit bedauerte sie öfter, dass sie das Studium abgebrochen hatte, um zu heiraten, aber das Bedauern wog nicht schwer und dauerte nicht lang, weil ihr so etwas nicht gewichtig genug vorkam für Bedauern und auf Dauer zu nichts führte. Und das Studentenleben war auch bloß mittellustig gewesen oder weniger, nichts hatte sie darin gehalten, und das hätte sie noch eher bedauert, als dass sie nichts daraus behalten hatte. So oder so, eh du haderst, lass dich eingraben. Während des halben Studiums hatte ihr das Turnen im Verein die größte Freude gemacht. Aber jetzt fehlte ihr das Turnen nicht mehr. Sie kaufte sich ein Fahrrad. Und sie hatte ja Frühling und Sommer und Herbst und Winter und wieder Frühling, und Tag und Nacht, und sie schaute gern die Vögel am Himmel an.

Als sie lange Haare und eine Wohnung gehabt hatte, hatte sie keinen Beruf mehr gehabt, weil es kein Reisebüro mehr gab, und der kleine schwarze Hund war auch tot. Aber sie hatte immer noch ein Fahrrad und ihre Freundin Lilo und versuchte es nochmal mit dem lieben Lockenkopf, dem kleinen Mann, mit dem sie es schon einmal versucht hatte; auch wenn sie ahnte, dass es nicht besser werden würde. Dass er lieber onanierte als mit Frauen zu schlafen, hielt sie aus, aber nicht das Trinken. Taxi durfte er nicht mehr fahren, vom Romanbosseln hörte man keinen Mucks mehr. Er ist ein Säufer, sagte ein Bekannter zu ihr. Aber das stimmte nicht, alles *er ist* über einen Menschen ist falsch, dachte und wünschte sie, und wenn doch, dann ein Trinker, und Trinken ist schlimmer als Saufen. Der Säufer will sich auslöschen, vielleicht für immer, vielleicht nur für einen Moment, aber der Trinker will langsam sterben. Und allein, das war das Schlimmste. Wenn er weiter trank, würde er nicht mal mehr onanieren wollen, und das könnte sie nicht aushalten. Auch wenn sie immer noch Frühling und Sommer und Herbst und Winter hatte und wieder Frühling, und Tag und Nacht, das alles sogar mehr denn je. Sie schaute aus dem Wohnzimmer Kinder auf Schul- und Heimwegen an, aber am liebsten aus dem Küchenfenster die Tauben im Hof und auf dem Dach, besonders schön war der Ausblick nicht gerade, aber naja: waren die nicht auch Vögel am Himmel?

Als sie eine Wohnung gehabt hatte, hatte sie keine langen Haare mehr gehabt. Als sie zu dünn geworden waren, ließ sie sie abschneiden, obwohl der Friseur sagte: Sie sind nicht dünn, sondern fein. Da kann man was machen. Aber sie wollte nichts machen. Die Welt kam ihr zunehmend feindselig vor. Als die langen Haare abgeschnitten waren, war sie traurig und erleichtert zugleich, genau wie es gewesen war, als sie den lieben Lockenkopf wirklich und endgültig sich selbst überlassen hatte. Er hatte sie kaum angesehen, als sie sich zum letzten Mal sahen, er wusste vielleicht nicht, dass es das letzte Mal war. Das letzte Mal, und unten in der kleinen Grünfläche, auf die man durchs Fenster seiner Wohnung blickte, sah sie einen kleinen Vogel kopfunter einen Baumstamm runtergehen; vielleicht ein Kleiber, er war zu weit weg, um ihn zu erkennen. Sein Ziel war ein Meisenknödel, der unten an einem abgebrochnen Zweig hing, und sie dachte, wie, dass einer, der kopfunter kann, sich mit so einem Meisenknödel begnügt? Sie überließ den lieben Lockenkopf seinem langsamen Sterbenwollen und dem alleine Trinken. Denn schließlich und endlich und letztlich hatte sie, mehr noch als das Trinken und Sterbenwollen, dieser Neid abgestoßen, der gar nicht zu ihm passte. Er war zunehmend kleinlich geworden und neidisch auf Menschen, denen das Leben weniger missglückt war als ihm. Das, und nicht das Missglücktsein, kam ihr wie Gift vor.

Sie konnte die Haare nicht mehr vors Gesicht fallen lassen, aber schaute noch immer gern die Tauben an, die der Eigentümer mit Stacheln von den Fensterbrettern vertreiben wollte. Dann machte er sich daran, sie aus der Wohnung zu vertreiben, indem er Eigenbedarf anmeldete für sein eigen Fleisch und Blut. Keine Überraschung, war sie nicht die Erste im Haus. Es ging eine Weile hin und her, sie wehrte sich, aber es kam ihr nicht gewichtig vor und führte zu nichts. Der Mieterverein riet ihr noch, nicht voreilig auszuziehen, aber da war es ihr schon egal. Ich möchte lieber nicht, dachte sie, während sie sich wehrte. Sie hatte noch ihre Freundin Lilo, die angereist kam und ihr bei der Wohnungssuche half, die vergeblich war, und ihr anbot, bei ihr zu wohnen. Sie aber dachte, während sie suchte: Ich möchte lieber nicht. Als Lilo abgereist war, warf sie die paar Kisten in den Baucontainer gegenüber, wo ein Haus renoviert wurde, und ließ die paar Möbel in der Wohnung stehen und das Fahrrad im Hof, sollte doch entsorgen, wer wollte. Ordentlich und pingelig war sie trotzdem, hatte ihr Telefon gekündigt und bei der Post einen Nachsendeauftrag an Lilos Adresse gestellt, weil sie ihr mehr vertraute als allen in der Stadt. Und da ordentlich und pingelig, hatte sie, bevor das Telefon abgestellt wurde, noch Lilo angerufen und ihr mitgeteilt, dass alles in Ordnung sei und sie erstmal untergekommen, und auch bei der günstigen Pension das Zimmer storniert, das sie bestellt hatte fürs erste Unterkommen. Auf den letzten Griff steckte sie noch die *Gedichte der Romantik* in die gepackte Tasche, das kleine dicke gelbe Buch, das ihr der liebe Lockenkopf einmal geschenkt hatte. Davor hatte sie einige Briefe und Fotos, die ihr wertvoll hätten sein sollen, in einen DIN-A4-Umschlag gesteckt und zugetackert und ganz nach unten gepackt. Unter alles Praktische, Kleidung und Waschzeug. Am liebsten hätte sie es dagelassen oder weggeworfen, aber kam ihr brutal vor und mochte sie nicht. Sie warf einen letzten Blick in die Ecke, wo paar Jahre der kleine schwarze Hund geschlafen hatte, und aus dem Küchenfenster, da waren die Tauben im Hof immer noch da. Den Brief mit dem Wohnungsschlüssel warf sie auf dem Weg zum Bahnhof ein.

Hinausschauen ins eigene Leben tat nicht weh. Es kam ihr vor, als existierte das Erinnerte nicht. Und existierte ja auch nicht. Halluzinationen.

Aber das hieß nicht, dass sie sich niemals zurück oder wohin auch immer sehnte. In das Phantasieland, in das jeder Mensch sich zurück oder wie auch immer hin sehnt. Sehnsucht nach der Kindheit, Sehnsucht nach dem All. Aber es ging sie doch nichts an? Sie sehnte sich nach da, wo nichts sie anging.

Als sie keine Wohnung mehr gehabt hatte, war sie für einen Monat in den Zug gestiegen, denn sie war immer gern Zug gefahren. Da war es praktisch, ohne lange Haare. Sie war froh über das kleine dicke gelbe Buch, denn Fahren kann sich ziehen, dann ist es gut, Verse zu haben. Auf denen kann man lang herumkauen. Im Zug ging es ihr wieder besser als draußen, auch wenn ihr alles weh tat und sie keinen Frühling und Sommer und Herbst und Winter mehr hatte und keinen Tag und keine Nacht.

Erstmal für einen Monat. So ein Mischmasch aus Bedrohtsein und Unwohlsein und Lust am Davonmachen. Aber wie das Verschwinden des Kindes wars doch nicht.

Warum die Menschen nicht fliegen. Ich meine, warum die Menschen nicht fliegen, warum sie nicht wie Vögel fliegen?

auf gewohnten Gleise

Hau ab

Vor dem Zugfenster flog eine brüchige Siedlung vorüber, so ein Zigeunercamp, nicht im Wald, sondern am weiten unförmigen Rand einer großen Stadt. Auf eine Brache gekleckst aus Paletten, Pappen, Sperrholzplatten, dazu Planen und kleine Zelte, wüstes Durcheinander, verstreute Müllhaufen, dazwischen Kinderwagen, Kisten, ein rotes Sofa. In der Mitte ein Feuer mit dicken dunklen Rauchschwaden, vielleicht das Holz feucht vom vielen Regen. Herumstehend dünne Mädchen, noch Kinder, manche selbst schon mit Kindern auf dem Arm. Am Rand der Siedlung stand ein langes schlaksiges Mädchen, ohne Kind, und schaute unter einer großen Kapuze hervor dem Zug nach. Sie meinte, diesem verloren wirkenden Kind in die Augen zu blicken; dabei war es viel zu weit weg, und jetzt war der Zug auch schon weitergesaust. Sie hörte Stimmen im Abteil, wie nach dem Krieg, verstand sie, und eine andere Stimme, die braten Schwäne.

Sammelte Flaschen, tauschte Geld ein, unterhielt sich, aß mit einem Wohltäter, blickte aus dem Fenster, las, dämmerte, putzte sich die Zähne, blickte aus dem Fenster, las, sammelte, stieg um, tauschte ein, spielte Backgammon, dämmerte, turnte, wusch sich im Bad, putzte die Zähne gegen den säuerlichen Geschmack, fuhr weiter.

Dann die Nacht. Die heilige, fürchterliche Nacht.
Abwärts
Abwärts Fremdlingin
Heilig und fürchterlich ist die Nacht im Zug.
Sie beginnt leise ratternd. Wenn die Geräusche des Tags sich allmählich zurückziehen, dann tritt das leise Rattern hervor, das schon immer da war. Und das Wispern und Knistern der Ritzen beginnt. Und die Stummheit vor dem Fenster wird zu Stille und wird lauter und lauter, und vor dem Fenster verschmelzen Erde und Himmel, und nun kann man wirklich glauben, durch die Nacht zu fliegen. Keine Bodenberührung, weil es keinen Boden mehr gibt.
Aber die Schwere noch. Ehrlich gesagt eine Tortur. Aber gewöhnt sich an alles.
Sie liebte die Nächte im Zug trotz der Unbequemlich-

keit, noch immer, trotz der Schwellungen und Spannungen in ihrem Körper. Menschen schliefen irgendwo dort draußen im Dunkeln in ihren Betten. Sie aber um keinen Preis außerhalb des Zugs. Wenn sie wollte, konnte sie sich, weil sie so klein war, ganz gut auf den Sitz legen, musste sie sich nur bisschen zusammenkauern. Aber fast immer im Sitzen. Höchstens mal, wenn sie am Viererplatz saß, die Beine unter dem Tischchen ausstrecken, um die Füße auf den gegenüberliegenden Sitz zu betten. Besonders bequem war es nicht gerade, aber naja. Tat den Beinen gut. Schuhe ausgezogen, Riemen der Tasche locker ums Schienbein.

Dann hört sie, wie die Luft trocken seufzt. Wie Geräusche im Raum schweben, dem All-Abteil: ein unregelmäßig sich wiederholendes Quietschen in der Ecke des Alls.

Und gewöhnt sich auch ans Ab und Auf der Nacht, dieses Absinken, Aufschrecken, Absinken, Aufschrecken. Sie saß ja nie wirklich wach und schlief nie wahrhaft tief, sondern kippelte und schwebte die ganze Nacht lang in einer Art Ab-auf- und Auf-ab-Zustand, einer urlangen Halbheit. Am Rand der Welt, Halbwelt, halb drin, halb nirgendwo. Mönchin, Eremitin, sich selbst berieselnde Einsiedlerin. Leise ratternd im Gebet.

Vielleicht war die Zugfahrt ein Gebet.

Abwärts wend ich mich

Wenn sie aufschrickt, taucht sie auf wie ein Wal aus dem Wüstensand. Eine Kathedrale aus dem Meer.

Wäre sie nicht tagsüber immer wieder eingenickt, hätte

sie das schon längst nicht mehr ausgehalten. War ja keine dreißig mehr, auch keine vierzig oder fünfzig. Ohne Einnicken tagsüber wäre alles an ihr – Kopf, Herz, Seele – so angeschwollen wie die Beine, das wär nicht lang gut gegangen.
Und Tortur zwar, aber nie diese Stoß- und Stechattacken von Panik wie früher in manchen Nächten.
Und spürte mehr. Auch was weh tat, selbstverständlich. Das sich ausbreitende Stechen im Nacken, in den Gelenken, als begännen Schmerzen im Dunkeln zu glühen. Aber die Glut machte auch den Geist hell, oder etwas Ähnliches. Glühen, Dämmern. Sie kam im Halbzustand, dem Ab-auf und Auf-ab, immer wieder in dieses Dämmern, das sie zwar manchmal auch am Tag hatte, dann aber nur für Momente; jetzt aber über Stunden und Stunden. Nur dass es jetzt keine Stunden gibt, nur jetzt. Dann ein kleines, jetzt das große Dämmern. Eine Achterbahn im Nebel, stundenlang schwerelos, aber dann abrupte Härte und Schwere, die doch nie ganz auf die Erde fiel, sondern sich im Erscheinen schon wieder aufzulösen begann und löst sich allmählich auf. Wieder und wieder.
Dann, jetzt. Aus einer Ewigkeit Ewigkeiten, aus Langeweile himmlische Längen. Dann war, jetzt ist.
Jede Nacht dauert im Zug tausend Stunden.
Alle Ordnung ist hinüber. Was tagsüber schön aufgereiht war wie diese eingesteckten Bäume an den Alleen, das verschwimmt nachts und verschmiert, eine Heillosigkeit zum Mäusemelken.

Aber obwohl die Ordnung der Tage sie beruhigt, zieht die Unordnung sie an, das Verschmierte der Nacht.
Nachts gibt es keinen Raum, deshalb ist die Zeit größer. Zugleich ist der Raum in der Nacht unbegrenzt, deshalb gibt es keine Zeit. Die Nacht pendelt hin und her zwischen Nichtsein des Raums und Nichtsein der Zeit. Äußerst unsicher, obs die Welt überhaupt noch gibt, wenn es draußen schwarz ist.
Kein Draußen, nur der Zug.
Andererseits, wie kann etwas im Nichts sein? Wenn es den Zug nicht gibt, gibt es auch die kleine Frau darin nicht.
Noch andererseits, wie kann Nichts schwarz sein? Ist also vielleicht doch was, eine Art schwarzer Luftraum.
Was ist dieses Schwarz?
Sie starrte angestrengt hinein. Natürlich erblickte sie zuerst sich selbst, weil sie sich im Zugfenster spiegelte. Wie viele Menschen sich in diesem kleinen Körper verstecken. Mal todesmutig, mal ängstlich. Mal verstecken, mal gegen die ganze Welt anrennen. Dann aber gelang es ihr, durchs eigene Bild hindurch hinaus und hinein ins Schwarze zu sehen.
Oft hatte sie gedacht, der Mensch müsste wahnsinnig werden, wenn alle Erinnerungen, Eindrücke, Erlebnisse auf einmal wieder hochkämen; auch wenn nichts davon weh täte; und es müssten gar nicht alle sein, ein Bruchteil würde genügen zum Wahnsinnigwerden. Was, wenn nun dieses Schwarz etwas Ähnliches wäre?

Alle Blicke, die sie im Lauf eines Jahres aus dem Fenster geworfen hat, übereinandergelegt.
Dann tun sich aber doch allerlei Risse im Schwarz auf: Manchmal fliegen Lichter im Schwarz vorbei, oder am Äther erscheinen im Laternenlicht milchige Straßen. Umschaltende Ampeln, Blinken in der Höhe. Milchstraßenampeln. Und ihr scheint, das Schwarz der Nacht ist eine Flut von schwarzen Scherben, in der ab und zu eine helle Scherbe blinkt. Lichtscherben. Milchscherbenstraßen.
Oder das Schwarz ist ein Anblick wie das Rauschen in der Handvoll Luft vor dem zugehaltnen Ohr.
Wasser, in dem sie schwimmt. Wie früher. Sie ist ein Kind, das im See schwimmt oder gar im Meer und sich plötzlich diese unsichtbare Welt unter sich vorstellt: unvorstellbar, aber ganz gewiss da.
Da ist Grauen, aber keine Angst: Wer oder was schaut sie von unten an?
In der Nacht blickt nicht sie zum Fenster hinaus, sondern die Welt blickt zum Fenster herein. Und blickt in sie, die kleine Frau am Fenster.
Heilige, fürchterliche Nacht. Flüstern hier und da, jemand schaut auf dem Laptop einen lärmigen Film nach dem anderen, jemand trinkt allein. Was einen Menschen stillzustellen vermag. Das Licht gedämpft, die Fahrkarten werden selten kontrolliert.
Aber niemals wird es schwarz im Zug.
Deshalb ist die Nacht im Zug heilig und fürchterlich: weil es sie nicht gibt.

Denn im Zug ist die Nacht eins mit der Dämmerung. Die Nacht bricht herein, aber sie bleibt auf ihrem Einbruch stehen, bis der Einbruch sich in den Anbruch des nächsten Tags verwandelt. Es beginnt zu dämmern, hört nicht auf zu dämmern, dämmert bis in den nächsten Tag. Eine Dämmerung saust durch die Nacht. Der Tag ist auch unentschlossen im Zug, manchmal fällt er ins Dämmern zurück. Aber er ist nicht mit dem Dämmern eins wie die Nacht. Die heilige Dämmernacht, der fürchterliche Nachtdämmer.

Und nur in der Nacht kommen die *Unbekannten* hervor, die natürlichen Bewohner des Zugs, seiner Ritzen und Spalten in den Gängen, der Löcher, Winkel, Rillen. Dann, am Tag, war die Zeit der Bekannten. Jetzt, in der Nacht, ist die Zeit der Unbekannten. Sie gehen lautlos durch die Reihen, wenn die Sitzenden auf ihren Plätzen dämmern. Schwanken niemals in den Kurven. Den Unbekannten gegenüber ist sie winzig klein – noch kleiner als ohnehin. Auch große Menschen sind den Unbekannten gegenüber klein. Sie spürt sie, fühlt sie, weiß sie.

Scheuen mich die Geister nicht

Aber trifft sie nie. Manchmal, aufgeschreckt und wenn das Absinken auf sich warten lässt, liest sie im Schummerlicht im kleinen dicken gelben Buch, dann geht niemand an ihr vorbei. Oder sie geht durch den dunklen Zug, zwischen dämmernden oder filmschauenden oder trinkenden Menschen hindurch. Findet manche leere Flasche nachts und manches übriggebliebene Essen.

Einmal sah sie hinter nur halb zugezogenen Vorhängen ein Paar kopulieren, sie auf seinem Schoß. Und freute sich für die zwei.
In besonders dunklen Nächten verwandelt sie sich in eine Mehrzahl. Dann steht sie auf und sieht sich selbst sitzen bleiben, während sie sitzt und sich aufstehen und herumgehen sieht. Sie sieht den Rücken der kleinen Frau, die an ihr vorbeigeht. Sie sieht den Hinterkopf der kleinen Frau, die aus dem Fenster blickt, man könnte ihr in den Nacken pusten. Sie sieht die Frau im Gang, die der Frau am Fenster in den Nacken pustet, aber so, dass die es nicht spürt. Und ein paar weitere kleine Frauen sieht sie noch im Raum, eine tanzt, eine betet, eine schläft. Der nimmt sie ein Ohr ab und betrachtet es und setzt es wieder an.
Und dann ist sie plötzlich verschwunden. Die ist weg, und die ist weg, und die ist weg. Die Welt ohne sie. Dann kann sie stundenlang durch den Zug gehen und sieht sich die leere Welt an. Oder sie sucht das verschwundene Sich.
Oder sie geht durch Reihen und Wagen und erkennt in jedem Abteil denjenigen Menschen, der als nächstes sterben wird. An so einem sanften Leuchten. Vielleicht haben ihn die Unbekannten bezeichnet, wer weiß das schon.
All das sieht sie, wenn sie durch den dunklen Zug geht. Nur die Unbekannten sieht sie im Herumgehen nie. Die Unbekannten kommen nur an den Dämmernden vorüber.

Bei Tag betrachtete sie manchmal, wenn keiner zusah, die Ritzen und Rillen auf dem Gang. Aber keine Spur, die Unbekannten verbargen sich tagsüber. Sie fragte sich, wie sie waren: wie Leoparden? Blauzwerge, Drachenmolche? Schattenschwestern? Oder alles und nichts zugleich? Zwerg war sie ja selbst, die Unbekannten aber gewiss riesengroß. Lautlos und kaum sichtbar, das ist, was man wusste.
Und ist auch egal im Nachtdämmer. Wenn einen das Geheimnis und die Gleichgültigkeit der Welt anfasst mit eisigen Samthandschuhen. Tiefes Grauen, aber null Angst. Die Unbekannten gehen an ihr vorüber. Sie wollen nichts und von niemand, das liegt in der Nacht offen zutage.

Einmal aber hatte einer was von ihr gewollt. Sie war aufgewacht, da lag ein Mann auf ihr drauf. Der rüttelte an ihr und riss, seine Hand war unter ihrem T-Shirt. Sie spürte seinen nassen Atem. Sie schrie, aber nicht Hau ab, sondern wie ein Tier. Der Zug war leer, kein anderer Mensch im Abteil. Der Mann riss weiter an ihr, obwohl sie sich wehrte und ihn wegzustemmen versuchte und mit kleinen Fäusten auf ihn eintrommelte. Er sagte kein Wort und gab keinen Ton von sich, nur dieses nasse Atmen, heiß und laut und nah. Groß, blond, blauäugig, ein Ausbund an Kraft und Gesundheit. Sie sah seinen Penis, und er versuchte ihr den Brustbeutel unter dem T-Shirt herauszureißen, beides zugleich, er wollte sie ganz zerreißen. Sie sah ihm di-

rekt in die Augen, seinen wahnsinnigen gleichgültigen Blick.
Plötzlich ließ er ab von ihr, rutschte hinunter, stürzte zu Boden in den Gang. Sie trat auf ihn, so fest sie konnte, da stöhnte er vor Schmerz und grabschte gleichzeitig nach der Tasche, deren Riemen an ihrem Bein hing. Aber er bekam sie nicht richtig zu packen. Sie trat zu so oft und doll sie konnte und fasste den Riemen und umklammerte ihn mit steifen Fingern. Da rollte der Mann plötzlich weg und versuchte aufzustehen, sie trat ihm noch nach, er aber stand auf und ging davon. Er rannte nicht weg, sondern ging einfach davon, als spazierte er nur eben durch den Zug. Der. Wenn auch ziemlich außer Atem. Als er den Wagen verließ, schaute er sich kurz nach ihr um. Dieser wahnsinnige, gleichgültige Blick. Gleichgültig und wahnsinnig.
Sie folgte ihm nicht. Sie schrie jetzt auch nicht mehr. Sie saß da, ihre Tasche fest umklammert, und zitterte und weinte.
Das war *im* Zug geschehen.
Danach schlief sie einige Nächte gar nicht.
Zitterte beim Einbruch der Nacht.
Setzte sich nicht mehr in leere oder fast leere Abteile.
Aber dann gings wieder. Zwei abgerissne Knöpfe wieder an die Jacke genäht. Man gewöhnt sich an alles. Vergisst alles.

Andere Nächte aber, viele Nächte waren nur lang und stumpf.

Und Aufstehen, die neue Geburt? Auferstehung, auweia. Ihr Leben lang gern früh aufgestanden. Jetzt keine Rede mehr von Aufstehen, dazu war der Schlaf zu zerstückelt. Wo endet das Nichtschlafenkönnen und beginnt das Aufstehen. Die Ankunftszeit eines Zugs am Endbahnhof gab ihr Halt: da wo sie umsteigen würde, frühmorgens fast immer. Den sicheren schwankenden Grund verlassen, gefährlichen festen Boden betreten. Aber im nächsten Zug würde sie wieder ein Stückchen schlafen, das war am Vormittag. Und auch am Nachmittag. Immer im Sitzen. Wann also stand sie auf? Wer kein Bett hat, steht nicht auf.

Wer jetzt kein Haus hat usw, wie's im *DB Magazin* stand, aber sie hatte ja eine Behausung: *wird wachen, lesen*, aus dem Fenster blicken. Also war da draußen zum zweiten Mal Herbst. Oder auch nicht. Die Klimaanlage im ICE 79 funktionierte, immer noch gab es keine Jahreszeiten im Zug. Verwandelte sich nur die Welt hinter Glas. Gefärbte Waldränder, sie saß im Zug und atmete an sonnigen Tagen keine klare Herbstluft ein, spürte an nebligen Tagen keine Feuchtigkeit in den Knochen, hob keine Kastanien auf. An diesigen Novembertagen flog die Landschaft unklar vorbei, unentscheidbar, wo die Erde aufhörte und der Himmel begann.
Meinte nur manchmal zu spüren, dass der Zug durch den Herbst anders flog als durch den Sommer.
In der *taz* las sie von der Wahl. Eine Nazipartei hatte viele Stimmen gewonnen, das machte ihr erst Angst,

dann kümmerte es sie schon nicht mehr. So viel Niedertracht, warum nicht auch im Bundestag. In guten Momenten kams ihr vor, als existierte das alles nicht, oder es flöge an ihr vorbei oder sie darüber hinweg. Und der Tigris plätschert noch träge am Ortsrand von Hasankeyf entlang, noch schmiegen sich die alten Häuser oberhalb des Flusses an den uralten Burgberg, noch sind die Höhlen in den Kalkfelsen begehbar, in denen schon in der Jungsteinzeit Menschen lebten, aber bald wird das alles verschwinden wegen eines Staudamms. Sie warf einen Blick aus dem Fenster und dachte, wie schön dieses vorüberfliegende Land war. In einem Kommentar stand, nun werde es Herbst in Deutschland. Da legte sie die *taz* weg und las *Der Zug aus Venedig* und im kleinen dicken gelben Buch: *die Wanderer auch sind wohlgeleitet*

Am Himmel wieder lange Keile. Kraniche, die nach Süden zogen, was sonst, ein Schenkel länger als der andere. In diesem längeren Schenkel zu fliegen.

Vielleicht war sie ebender Vogel, der dem kürzeren Schenkel abhandengekommen war. Da erschrak sie und sah untröstlich der Keilformation am vorüberfliegenden Himmel nach. Nahm lange Abschied.

Die Badenden waren weniger geworden, dann ganz verschwunden. Auch die Radfahrer, diese Kanarienvögel, wurden weniger. Nur ihren fernen Bekannten sah sie weiterhin, den auf dem zebrastreifigen Rennrad mit der besonders schlechten Haltung, die sie an ein ? oder ß erinnerte … *in den Alleen hin und her / unruhig wandern* … dieser Vogel will wohl ewig weiterstrampeln oder zumindest, bis Eis und Schnee liegen wird. Einmal sah sie ihn sein Rad schieben, Richtung Stadt, da schien er zu humpeln. Es regnete. Ein begossenes Fragezeichen. In der nächsten Woche radelte er wieder.

Regnete sonst da draußen nicht mehr fortwährend wie im Sommer, sondern nur noch ab und zu, und drei heftige Stürme: zwei im Oktober, der dritte im Dezember. Beim ersten hing sie auf einem Bahnhof fest, als der Verkehr unterbrochen wurde. Da verließ sie die Route und nahm jeweils den erstbesten Zug, der halt fuhr, und eierte einige Tage in der Gegend herum. Entwurzelte Bäume entlang der Strecke. Eine Nacht verbrachte sie in einer Regionalbahn unter betrunkenen Fußballfans, die sie nicht wahrzunehmen schienen. Eine schwermütige Horde, zahnlose Raubtiere, das Gegenteil von Sturm. Als sie endlich wieder auf ihrer Route war, immer noch Behinderungen, Verspätungen. Im *Tagesspiegel* las sie, dass eine bekannte Journalistin während des Sturms aus ihrem Auto ausgestiegen und von einem Ast erschlagen worden war. Durch den zweiten Sturm fuhr sie hindurch und fühlte sich im Zug geborgen und durchs Gewitter schweben, und tobte schlimm wohl nur im Süden des Landes. Dort sah sie später umgestürzte Bäume an Wegesrändern und Flussläufen.

Bald darauf las sie in der *Westdeutschen Allgemeinen*, die sie in der DB Lounge fand, dass die Insekten starben. Hatte sie also durchs Glas ganz richtig gehört, das Surren und Summen der Insekten verschwand, die Landschaft verstummte. Die wirkliche Welt wurde wie die Welt hinter Glas, so weit gings jetzt. Ob die wirkliche Welt auch bald ihre Gerüche verlieren würde? Ob man die Dinge in ihr und auf ihr, auch wenn man ausstieg und hineinzugehen versuchte in diese Welt, nicht mehr würde berühren können?

Aussteigen. Vor einem Jahr war sie an einem Dienstag ausgestiegen. Draußen war Herbst. Die Stadt, in die sie zehn Jahre lang immer wieder gefahren war, jeden Monat oder alle zwei oder drei. Hatte in diesem Herbst, in den sie Dienstag ausgestiegen war, wie früher diesen hässlichen betonierten Bahnhofsvorplatz überquert und sich am klobig zipfelmützigen Wasserturm links gehalten, seltsam und widerartig war ihr das jetzt. Verließ zwar öfter mal die Bahnhöfe, um hässliche Bahnhofsvorplätze zu überqueren und sich etwas zu essen zu kaufen oder neue Zahnpasta, aber so weit wie jetzt hatte sie sich von keinem Bahnhof entfernt, seit sie vor drei Monaten in den Zug gestiegen war.
Richtung Mahlerstraße, wie früher, aber anders. Lilos mittlere Stadt war weniger gefragt als ihre mittlere Stadt, die wuchs und gedieh und darum zermahlen wurde. Diese mittlere Stadt schrumpfte, manche Häuser hatten vernagelte Fenster und Lilo ihre Ruhe. Ein

feuchter, niesliger Herbstvormittag, nur Trinker und paar Frauen mit kleinen Kindern auf der Straße. Alles unwirklich und übertrieben. Der kalte Wind, was ganz anderes als Zugluft. Sie sah einem Denkmal in die Augen. Obwohl längst noch kein Frost, schnitt der Wind sie tief in die Haut. Die Lautheit der Autos erschreckte sie. Zuckte sie zusammen und machte sich daran, die lange Brücke zu überqueren, von der aus man weit den Fluss hinaufsehen konnte, sogar der Horizont machte Krach. Bist wohl etwas dünnhäutig, sagte sie zu sich selbst. War stehengeblieben und schaute übers Geländer den Fluss hinauf, von wo ein gemächlicher riesiger Frachtkahn herabkam. Sie dachte wie an eine liebe Bekannte von einst an Frau K., die am Ende der Oper ins Wasser ging, und sah auf dieses Wasser, das schrecklich kalt und nass war. Nichts für sie. So hatte sie vor einem Vierteljahrhundert auf einer Brücke gestanden, als sie mit der Lehrerin Babette befreundet gewesen war, und nach dem Schleier über der Welt gespürt und dem Luftzug, der durch ihr Leben wehte. Jetzt hier auf der Brücke zu stehen berührte sich mit dem Stehen damals und floss irgendwie in eins. Sie stand jetzt und steht damals auf dieser Brücke. Und war auf einmal sicher, eben jetzt auch auf einer oder der anderen oder jeder Brücke anderswo zu stehen und aufs Wasser zu schauen, auch am anderen Ende der Welt. So wie man, kam ihr in den Sinn, obwohl es vielleicht keinen Sinn ergab, von verschiedenen Orten der Welt zu verschiedenen Zeiten denselben Stern sieht: den es vielleicht schon längst nicht mehr gibt. Der war sie. Der Stern, der sich selbst ansieht. – Da juckte es sie schon, lieber wieder im Kreis zu fahren als in solche Kreise zu geraten. Machte sich schließlich wieder los und ging weiter. Am anderen Ufer bog sie in eine Seitenstraße ein, das Laub auf dem Gehweg war glitschiger als je. Sirenen von hinter den Ecken, Einsatzwagen in der Ferne.

Der Zugverkehr vor zwei Tagen wieder unterbrochen wegen Personenschaden, das steckte ihr noch in den Knochen. Oder der Seele. Den Seelenknochen. Der Zug war, nachdem er länger gestanden hatte, auf einem Umleitungsgleis gleichgültig an dem Gleis vorbeigefahren, auf dem gerade Männer mit Warnwesten einen großen grauen Sack auf eine Trage legten. Nächsten Tag hatte sie vom Telefon am Bahnhof aus Lilo angerufen und sich angekündigt, ist mir ja glatt wie die Verkündigung des Herrn, hatte Lilo gesagt, und selbst durchs Telefon, das jeden Klang aufkratzt und schroff macht, war sie wieder überrascht gewesen von Lilos warmer und weicher Stimme, die sie schon so lange kannte, kam ihr vor seit immer.

Hätte sie auch die Straßenbahn nehmen können, drei Stationen bis Mahlerstraße, aber war lieber zu Fuß los. Vielleicht ein Fehler, denn sie bemerkte, wie sehr sie diesem festen Boden abhandengekommen war. Anflug von diesem Kindsgefühl, als sie an der Nachkriegskirche mit Sichtbeton vorbeikam, in die sie sich früher mal gesetzt hatte, diesmal nicht. Je näher die Mahlerstraße kam, desto vertrauter wurde ihr alles und desto fremder.

Eine Reihe von Doppelhaushälften, verdoppelt und wieder halbiert und doch nichts Ganzes, ein plemplem, das nicht passt. Altgewordne Neubauten. Aus ihren Fenstern guckte es furchtbar bewohnt: heimelige Vorhänge, Blumen, Puppen. Auch paar vorzeitige Weihnachtssterne, verirrte Himmelskörper. Was haben nun Sterne in den Fenstern zu suchen.
Vorsicht, auf dem nassen Laub nicht auszurutschen. Sie fröstelte in der leichten Jacke im Wind, Tasche auf der Schulter. Doch die Thermojacke und die Mütze wollte sie nicht rausholen, die lagen ganz unten. Der Bürgersteigboden war ihr schwerer als jeder Bahnsteig, so als wollte er sie in sich hineinziehen, in den Beinen fing es zu kribbeln an, da ging sie schneller, um die Last von den Füßen zu schütteln.
Gefühl des Lastseins.
Es kam ihr so seltsam vor, dass alles noch am alten Ort stand und Geräusche da waren und Gerüche. Und man allerlei hätte anfassen können, tat sie aber nicht. Als sie um die Ecke bog, haute es sie fast hin. Ein Eichhörnchen huschte über den Gehweg.
Lilo umarmte sie noch in der Tür. Der alte Herzensüberschwang, vertraut und fremd. Sie freute sich auch, aber die Umarmung war ihr zu fest. Lilos Umarmungen waren ihr früher schon zu fest gewesen, jetzt aber viel zu fest. Lilo hatte es auch nicht leicht gehabt im Leben, wie man so sagt, es war, als drückte Lilo alles mit diesen festen Umarmungen weg. Andererseits, aber wieso andererseits, frotzelte Lilo gern und ausgiebig. Man sollte

mir die alte Lästerzunge durchstechen, wie den Wiedertäufern. Die überraschend warme, weiche Stimme.
Sie haben ihnen die Zunge durchgestochen?
Weil sie den christlichen Leib lästerten. Davon hatte sie auf einer ihrer vielen Reisen gehört, bei einer Stadtführung. Heute stechen sich die jungen Frauen selbst die Zungen durch. Aber jede wie sie mag, mir wärs nichts.
Auch sonst alles am alten Ort und fremd vertraut. Lilo wie ein großes Mädchen, weites offenes Haar, das jetzt halt grau ist. Wie früher hatte Lilo das Mittagessen schon vorbereitet und wollte tiefe, grundsätzliche, lästerliche Gespräche führen. Und Erinnerungen austauschen, die immer wichtiger gewordenen Erinnerungen. Schwelgen wir also in Erinnerungen und Lästereien, was? Wie so zwei tattrige Omis, plappern, bis die Gebisse rausfliegen. Nutzen wir unsre Restlaufzeit und lassens uns gut gehn.
Sie aber dachte einfach nur ans bequeme Bett. War ja bloß die ausgezogene Couch im Wohnzimmer, aber naja. Dachte bereits daran, während sie duschte, dieses warme Wasser auf Nacken und Rücken eine Annehmlichkeit, die aber nicht die Verspannungen löste, die saßen zu tief. Oder fest. Hätte ja auch heiß baden können statt warm duschen, aber Baden war ihr wie ein flüssiger Sarg. Nach dem Duschen stellte sie sich auf die Waage, aus mal fünfzig Kilo waren achtundvierzig geworden, das ging ja noch. Wieder das Gefühl, du kannst hier nicht anders als eine Last sein, aber freute sich immer noch aufs bequeme Bett, als sie nach dem Duschen in

der von Lilo geliehenen sehr bequemen, für sie viel zu großen Kleidung (alles, was sie am Körper und in der Tasche gehabt hatte, steckte in der Waschmaschine) das Stapelchen Briefe durchsah, das sich angesammelt hatte. Aber nichts von Wichtigkeit darunter, bloß veränderte Geschäftsbedingungen, Kündigungsbestätigungen (ordentlich und pingelig), ein Haufen Werbung, dreiste Betteleien, Betrugsversuche, und zwei Postkarten zum Geburtstag von ehemaligen Kollegen. Nicht jeden Brief öffnete sie.

Und dachte auch beim Essen ans Bett. Kürbissuppe, danach Schupfnudeln mit Speck und Zwetschgen und schließlich Nusskuchen, dazu eiskalter Kourtaki, passt vielleicht nicht, aber schmeckt. Lilo fragte, wo sie denn nun untergekommen sei, in der Nähe der alten Wohnung?

Nein … ja, nein.

Gib mir doch mal die Adresse. Und hast du immer noch kein Telefon, gibt doch auch Oma-Handys für unsereins.

Sie versprach ja, sich zu bessern, würde sich öfter melden, auch diese Postnachsendung … Nein, das lass ruhig, und du kannst auch immer hier einziehen, wenn du willst. My home is your castle.

Mittags waren sie bereits beschwipst und mordslustig, um fünfzehn Uhr betrunken und todtraurig. Da gingen sie für ein paar Schritte an die frische Luft, der Himmel war klar geworden, aber die Dämmerung kam schon allmählich heran. Der Boden schien ihr in der frischen Dämmerluft gar nicht mehr schwer wie beim Herkommen. Sie fröstelte nicht mehr, statt ihrer dünnen Jacke trug sie einen von Lilos dicken Mänteln. Der Wind hatte nachgelassen, das Nieseln auch. Als sie in die Wohnung zurückkehrten, gings wieder mit den Köpfen. Um zwanzig Uhr waren sie wieder betrunken und lustig und um dreiundzwanzig Uhr stockbesoffen und traurig und lustig zugleich. Hatten mordsfeuchte Augen bekommen über die Männer und das Kind in sich und das groooße Weltall. Sogar Blei gossen sie, was man ja sonst nur zu Silvester tut, aber sie war ja letzte Silvester nicht da gewesen. So holten sie's nach und zogens vor zugleich, und nachgeholt und vorgezogen war auch die Form des gegossnen Bleis, so ein doppelköpfiger Klumpen, lustig und traurig. Ein verwachsener Doppelkopfadler. Eine Schlange, die vorn ein Kaninchen gefressen hat und hinten ein Ei legt. Oder hinten ein Kaninchen ausscheißt und vorn ein Ei aufgefressen hat. Eine Hantel für einen behinderten Kraftmeier, ach, was wissen wir schon. Die ganze Zeit, während sie Blei gossen und das gegossne betrachteten und sich unterhielten und freuten und erinnerten und lästerten und Nusskuchen aßen und eiskalten Kourtaki tranken und später auch Gold Advocaat wie damals, sah sie sich in Lilos vertrauter Wohnung um. Befremdet, ohne was merken zu lassen. Geriet sie wieder in diese Kreise, wo damals und jetzt in eins fließen. Alles unverändert, ihr unfassbar. Regale, Kommode, Tisch und Stühle. Alles eng beieinander in dieser hübschen kleinen Wohnung am alten Ort. Paar eigene Bilder, einige mit Stroh, Holz, Filz gearbeitet. Und Andenken von weltweiten Reisen, hier Afrika, dort Südamerika. Malkurse, Frauenreisegruppen, warum nicht. Lilo war, anders als sie, immer viel gereist. Warum hatte sie in einem Reisebüro gearbeitet und nicht sinnvollererweise Lilo? Auf Sinnvolles war nicht zu hoffen. Lilo war Anwaltsgehilfin gewesen, später hatte es *Rechtsanwaltsfachangestellte* geheißen, noch lächerlicher. Wenn sie den Namen nochmal verdoppeln, bin ich zum Glück schon tot. Der Anwalt eine Trantüte vor dem Herrn und halber Alkoholiker. Was heißt halb, das Glas eher halbvoll als halbleer, aber der hat noch jedes in einem Zug geleert. Der hat noch die trübe Tasse geleert, die er war. Vom Alkohol abgesehen aber eher halbleer als halbvoll. Kurzum, faul wie eine Leiche. Und fettige Haare auch noch!

Aber nichts Schlechtes über die Toten, wie schon die ranzigen Germanen sungen! Auch nicht über die lebenden Toten und die wandelnden Moorleichen! Über die schon gar nicht, denn wenn sie erst tote Tote sind, dann hast du das schlechte Gewissen an der Hacke kleben!

Die gleichen Fotos wie früher und zwei oder drei neue von Lilos Sohn mit Familie, in ihrem Garten und beim Urlaub im schönen Kenia, wo seine schöne Frau herstammte. Stand völlig unter ihrem Pantoffel, Lilos Meinung nach, wo er sich auch am wohlsten fühlt, und wenn sein Vater noch gesehen hätte, was für ein guter

Vater sein Sohn war, hätt er sich geschämt, wenn er sowas gekonnt hätte. Aber nichts Schlechtes, usw, sonst hast du's moralisch an den Hacken.
Am Abend hatten sie die Reste vom Mittagessen aufgegessen und um Mitternacht aßen sie die Reste vom Abendessen, dazu immer Kuchen und Kourtaki, späternachts Gold Advocaat. Zwischendurch standen sie zum Köpfeauslüften bibbernd auf dem Balkon, diesmal ohne Mäntel, und schauten hoch zum Himmel, wo der Mond durch die Wolken lugte wie ein Auge ins eigne Innere.
Weißt du noch, früher.
Ja.
Wie wir gesoffen haben.
Ab und zu.
Irgendwann war sie dann endlich rausgerückt mit der Sprache, und Lilo hatte es nicht in Unordnung gefunden. Haben wir ja im Sommer gemerkt, wie das jetzt ist mit den Wohnungen, es sei denn, du ziehst nach Knauzdorf an der Knatter. Außerdem hast du dir immer das Schwierige ausgesucht. Manche Weiber binden sich ein Leben lang den kompliziertesten und pingeligsten Klotz ans Bein. In den meisten Fällen ist der Klotz ein Kerl, bei dir ist es alles Mögliche. Auch mal ein Kerl, oder eher ein Kerlchen, wie damals das Herrchen Oberschlaumeier mit dem Tennisarm. Du suchst ja immer nach dem Stern in jedem Klotz, aber so als Sternsucher kann man sich allzu leicht verfliegen. Naja, armer Kerl, nichts Schlechtes über Moorleichen, wie

gesagt, von wegen den moralischen Hacken. Weißt du, wie's ihm geht?
Null Ahnung. Hatte schon vor Jahren einen Strich unter dem Lockenkopf gezogen.
Naja, sagte Lilo tief und ernsthaft: Schau in dich selbst hinein. Was du willst. Und wenn du doch noch hier einziehen willst …
Bis halb vier in der Frühe saßen sie zusammen (*in der Frühe*, wie schön), sie hatten ja beide morgen nichts vor und tranken zwischendurch auch eine Kanne Lindenblütentee, um in der Frühe nicht immer nur Kourtaki und Gold Advocaat zu trinken, und nächtlicher gemeinsamer Abwasch und es war alles sehr sehr schön in der Frühe und mit Lilo und wie früher, aber sie kam sich heimlich doch immer als Last vor und dachte die ganze Zeit ans bequeme Bett.
Als sie drin lag, konnte sie nicht einschlafen. In ihr ziepte und kniffs, die Zimmerdecke flackerte schwarz und schwer lastend und düster zappelnd über ihrem Kopf, und ihr war mächtig so, als versänke das Haus in der Erde.
Ich möchte lieber nicht.
Lieber wieder im Kreis.
Am nächsten Tag total durchgerädert, schlimmer als nach einer Nacht im Zug, und Lilo schnitt ihr im Badezimmer die Haare. Aber sag, willst du sie nicht wieder wachsen lassen? Bisschen färben vielleicht? Versteh ich nicht, dass du dich so verstümmelst. Hast doch niemand gelästert, wenn, dann müssten sie mir die Haare

abschneiden und die Zunge durchstechen. Hättest du so ein Hundefell, so räudig und struppig, dann würd ichs ja verstehn, aber die gehn doch noch, deine wunderschönen Haare.
Kam ihr alles wieder schwer und lastend vor, natürlich vom Kater wegen, aber vor allem, weil die Wohnung nicht ratterte. Als klebten ihre weiten Flügel am Boden fest. Und Lilo, die fremde Freundin, es war das alles nicht leicht. Und du kannst nicht nicht Last sein.
Sie hatte wieder ihre eigenen Sachen an, gewaschen, aber mit den fremden Gerüchen aus dem Waschmittel. Komm jederzeit wieder, sagte Lilo am Mittag, kannst jederzeit bei mir wohnen. Und umarmte sie mit festem Überschwang, wie so ein Wegstoßen.
Schmiss die Briefe in den erstbesten Mülleimer. Außerdem zu alt fürs Zusammenziehen, und nahm für den Rückweg zum Bahnhof die Straßenbahn. Nicht feucht und nieslig wie gestern, sondern klarer, sonniger Tag, den sie durchs Straßenbahnfenster betrachtete. Die Welt schlief ein. Am helllichten Tag, na sowas. Die Autos gaben keinen Mucks von sich, nur manchmal hörte man sie ein wenig durchs Glas röhren wie so eine Brise, und stumm war der Horizont hinterm Fluss. Die Bahn ratterte. Sie fragte sich, ob es diese mittlere Stadt, durch die sie fuhr, bereits nicht mehr gab. Die Blätter an den Bäumen leuchteten rot und gelb und waren dennoch wie außer der Zeit. Draußen ging ein schreiender Mann über die Brücke, dem der Ton abgedreht war, einer dieser durchgedrehten Schreihälse, dem aber

das Schreien im Hals steckenbleibt, als wär der Hals um sich selbst gedreht und käm nichts raus. Siebzehn Jahr, blondiertes Haar und bewegte sich zuckend und wütend und böse. Wenn dem mal nicht gleich langer Schnabel wuchs und Fasanenfedern und Messer, wo kam der her. Krank oder irgendwelche Drogen eingeschmissen. Entsetzlich, wenn man solchen Gestalten da draußen begegnet. Aber sie war drinnen, alles war stumm geworden. Sie sah noch den früheren Lärm in den stummen Bildern, verdunstende Feuchtigkeit. Nur der klobige zipfelmützige Wasserturm, der hatte schon im Hergehen geschwiegen.

Dann aber abruptes Aufwachen, alle zwei, drei Minuten öffneten sich die Türen und der Verkehrslärm drang herein, und das Krächzen von Nebelkrähen und Spatzentschilpen.

Nicht wie im Fernzug.

Der schwere Bahnsteig also wieder, Sehnsucht nach dem All und nach Tänzeln und Stampfen. Den Winter wohl noch durchs Fenster.

Schlief im fahrenden Zug. Stieg am Abend zweimal um und befand sich wieder auf der gewohnten Route.

War denn überhaupt noch ein Rauskommen? An einem Mittwoch, da war es noch einmal passiert und hatte sie rausgetragen, in quasi flachem Zustand, so schwankten ihr die Beine. Keinen Infekt gehabt trotz monatelang Schniefenden und Hustenden um sie. Nur Wehwehchen, das Fingergeschwür, ein Fußpilz, Hautausschlag, Verstopfung, der verspannte Nacken. Aber nichts, was sie umhaute. In träumerischen Momenten glaubte sie glatt, dass der ewige Aufenthalt im Zug sie unsterblich mache. Unsterblich mit Zipperlein halt. Und dann, als das Schniefen und Husten schon aufgehört hatte, *das*, aber happig, und nur noch der Wunsch nach Lazarett. Leider kein Doktor Wildblumenkohl in Sicht. Reiste noch einige nicht vergehen wollende Stunden mit Erzscheißerei und Schädeldonnern durchs Land, dann stieg sie endlich in einer dieser mittleren Städte aus, wo ihr Sitznachbar, pummliger Azubi von hoher Empathie, mit dem Smartphone ein günstiges Hotel geortet hatte. Er wollte sogar mit ihr aussteigen und sie zum Hotel bringen, aber nicht nötig, brauchen Sie nicht. Aber danke. Ich danke Ihnen sehr, Sie sind ein lieber guter Mensch, bleiben Sie so, bitte. Lassen Sie sich nicht verderben von harten Blicken und dem allen. Wie sie es dann bis ins Hotel geschafft hatte, war ihr später nicht mehr klar. Nur dass sie tagelang (drei, zählte sie später nach) im nicht sehr guten Bett lag und rollte wie in einem Fieberkessel. Den zappendüstern Hotelflur vor der Tür beim Hereinkommen nur wie in einem kreisenden Film wahrgenommen und war jetzt unsicher, obs ihn da draußen noch gab. Überhaupt was gab, aber die Unsicherheit kannte sie ja. Blieb die ganze Zeit im Zimmer eingeschlossen und schleppte sich nur immer wieder an den Wasserhahn, um sich vollzusaufen und volllaufen zu lassen mit Wasser, Wasser und nochmals

Wasser. Füllte ein halbes Dutzend mitgeschleppte Pfandflaschen randvoll und nahm sie überschwappend alle mit ans Bett, solche Angst hatte sie zu verdursten. Schleppte sich wieder ins Bad, plumpste aufs Klo, trank. Am zweiten Tag zwang sie sich, von einem Energieriegel abzubeißen, der war ihr widerwärtig sauer, sie bekam kaum was runter. Eine Acht-Cent-Bierflasche voll Wasser umgekippt und ein großer Wasserfleck auf dem hellbraunen Teppichboden. Morgens (aber wann war Morgen) kam ein junges Zimmermädchen herein, Fiebererzengelin, irgendwo aus Osteuropa und kaum Deutsch. Leuchtend hübsches Mädchen war das, mit Grübchen und so einer Reinheit und Gesundheit. Erst entschuldigte sie sich mit wenig Wörtern und vielen Gesten und wollte wieder rausgehen, sah dann aber, was Sache war, und erkundigte sich mit Händen und Füßen, ob sie irgendwen anrufen sollte oder Arzt oder was besorgen. Am dritten Tag brachte sie ihr ein Brötchen mit roter Marmelade, vielleicht gabs unten ein Frühstück, von wo sie es herhatte. Denn bezahlt würde ja bezahlt sein. Was für liebe gute Menschen es gibt. Als das Fieber dann fast so rasant niedersank, wie es hochgestiegen war, erschrak sie über die Dauer, die sie hier verbracht hatte, und die angelaufenen Kosten, obwohl das Hotel wirklich günstig war, da hatte der Azubi recht gehabt. Sie packte mit erhöhter, sinkender Temperatur eilig ihre Siebensachen und brach auf. Tat ihr nur leid, dieses liebe Zimmermädchen nicht nochmal getroffen zu haben. Der Weg zum Bahnhof war ihr ganz neu und unbekannt, obwohl sie ja auf ihm hergekommen sein musste. Alles grünte und blühte, die Vögel zwitscherten, das war zum Ersticktwerden. Der angenehme, laue Wind schnitt ihr scharf in die Haut. Sogar an einem kleinen Zoo kam sie vorbei und hatte das Gefühl, dass es den, als sie gekommen war, noch nicht gegeben hatte, und machte auf dem flachen Absatz kehrt und ging in den Zoo hinein, trotz happigem Eintritt, denn sie hatte plötzlich solches Verlangen, alle diese Tiere anzusehen. Doch kam nur bis zu den Stachelschweinen. Die Weißschwanz-Stachelschweine kommen von Vorderasien bis nach Großbritannien vor, wo sie aber vom Menschen eingeführt wurden, haben Tiger, Leopard, Hyäne und Greifvogel zum Feind und sind nachtaktiv, aber in ihrem sonnigen Freigehege zwischen Grashügeln, kahlen Baumstämmen, flachen Felsbrocken liefen sie munter und putzig herum. Ihre Stacheln richteten sie auf wie wehrhafte Flügel oder Kränze und falteten sie nur ein, um unter dem Baumstamm hindurchzuwitschen. Piek-sige Schmetterlinge, die durch den Staub des Bodens fliegen. Mehr als diese Stachelschweine gibts auf der Welt nicht zu sehen, dachte sie und verließ nicht die Welt, aber den Zoo, der Mann, der ihr die Eintrittskarte verkauft hatte, sah sie fragend an, war etwas? Ja, der Frühling, und zwar noch schlimmer geworden, die Vögel zwitscherten wie verrückt und waren es ja auch, liebestrunken. An einer fetten neuromanischen Kirche vorbei, wer wollte da hinein, jedes Kindgefühl verflogen. Die Tasche lastete auf ihrer Schulter, das Gehen auf dem festen Bürgersteig fiel ihr wieder schwer, obwohl es doch viel leichter hätte sein müssen als auf dem Hinweg?

Im ICE 2311 verschwand der Frühling und dann auch das Fieber. Kein Wind mehr, nur leichte Zugluft. Sie ging, immer noch etwas schwankend, an Tänzeln und Stampfen vorerst nicht zu denken, durch die Gänge und steckte schwupps diese und jene Pfandflasche ein. Einen Tag lang hatte sie noch Riesendurst, wie aus einer Wüste heimgekehrt, trank Liter um Liter und dämmerte öfter ein als gewohnt. Blickte aus dem Fenster. Seit einigen Wochen, seit dem Ende des Winters da draußen sah sie regelmäßig den zebrastreifigen Radfahrer, der wie ein ? oder ß aus der großen Stadt rausstrampelte wie vor was weg. Nach anderthalb Tagen endlich wieder auf der gewohnten Route und nach zwei weiteren, wie man so sagt, ganz gesund. Vollends gesund wäre begraben, dachte sie. Da war auch der Hunger wiedergekehrt, den sie nötig brauchte, denn sie fühlte sich wie zehn Kilo abgenommen, was bei ihr so viel zählte wie bei andern zwanzig. Anders noch als beim Lilobesuch im Herbst war sie diesmal vermisst worden. Wo waren Sie letzte Woche, wurde sie am Donnerstag, Freitag, Samstag gefragt. Krank war ich. Ich bin wieder hier.

Fuhr durch den zweiten Herbst vor dem Fenster wie durch den ersten, nur verspannter. Kreisverkehre.

Waldränder. Zwischen Stoppelfeldern ab und zu ein vergessnes Feld mit nicht geernteten Maisstauden, die vor sich hin trockneten, ein totes Maisfeld, dachte sie, aber klärte ein Sitznachbar sie auf: für die Schweinemast. Der las die *Bauernzeitung*. Die Drähte der Hopfenfelder wie endlose leere Wäscheleinen. Flüsse. Logistikcenter. Kleine, große, mittlere Städte, in denen Menschen stehen und gehen und arbeiten und sich freuen und schlafen und sterben. Häuser mit offenen Fenstern. Denkmäler. Wände. Wälle. Dämme. Mauern. Zerkratzte Scheiben im RE 3122. Beim Umsteigen knirschten ihre Sohlen auf Glasscherben, acht Cent in braunen Splittern. Gefährlicher fester Boden. Dämmerte, träumte, aß Apfelkuchen, putzte sich die Zähne gegen das Säuerliche im Mund. Aß Käsekuchen, den Manu ihr in der Lounge servierte, ein Traumkrankenhaus. Frühstückte dienstags zwanzig Minuten mit der Schmalen Jungfrau aus teurem Holz. Ging mittwochs am Klavier vorbei und sammelte weiträumig Pfandflaschen. Sah donnerstags Kiefernwälder vorüberfliegen. Spielte freitags mit Karlheinzbohrer Backgammon, aß mit Doktor Wildblumenkohl mehrgängig und Schokoladenkuchen im Speisewagen, rief ihre Lilo an. Sah samstags stumme Fußballspiele im ganzen Land und sammelte wieder Pfandflaschen. Dämmerte sonntags mit dem leeren Land am Morgen. Traf montags Doktor Wildblumenkohl, der zum Enkelhüten fuhr und ihr Flohsamenschalen brachte oder Cortisonsalbe für eine Stelle an der Wade und von seinen Theaterbesuchen am Wochenende erzählte, *Medea* oder *Der zerbrochne Krug*, und nahm neue Bücher aus der blauen Zelle mit. Einmal waren das *Die drei ??? und der Geisterzug* und *Austerlitz* (das hatte sie vor Monaten schon mal gelesen und jetzt wieder mitgenommen) und las das nicht nacheinander, sondern je nach Müdigkeit hin und her springend, halbwegs wach dieses immer noch schwerverständliche *Austerlitz*, im Dämmrigwerden den schwerverständlichen *Geisterzug*, da waren die Sätze kürzer, aufgewacht und erfrischt wieder *Austerlitz*, kurz vor dem Einnicken wieder *Geisterzug*, alles schwerverständlich: *teilweise zu Studienzwecken / Bekanntlich ist das Fragezeichen das Symbol für alles Unbekannte. Wir erforschen seltsame Phänomene und rätselhafte Ereignisse / teilweise aus anderen / und unser größter Vorteil ist, dass wir ohne Vorurteile an unsere Fälle herangehen. Wir halten einfach alles für möglich / mir selber nicht recht erfindlichen Gründen*

Turnte, wusch sich, tänzelte, stampfte. Schrie, wenn es sein musste. Hätte gern gesungen und dachte ans Verschwinden. Spürte nachts das Stechen im Nacken und die Unbekannten an sich vorbeigehen und kaute auf Versen aus dem dicken gelben Buch: *Jetzt aber wird's schon Abend, alle Lieben / Sind wandermüde längst zurückgeblieben*, solche Sachen.

Stört sich kein Gespenst an mir,
Weil sich Wandrer gern gesellen.

mir selber nicht recht erfindlich, zu rätselhaften Studienzwecken

der zerbrochne Zug

Auf einem abgeernteten Acker eine halb umgekippte Vogelscheuche, die stand im 45°-Winkel zur Erde, das Gesicht oder was es war nach oben, als wollte sie eben in den Himmel hinaufgehen. Später schaute sie noch rückwärts aus dem Zug, ob sie die Vogelscheuche am Himmel gehen sähe.

Noch gesprächiger als sonst, während sich die Tage schlossen, öffnete sich ihr Gemüt. Im ICE 1689, der durchs flache Land fuhr, kam sie mit einem hageren Mann ihr gegenüber ins Gespräch, den sie schon eine Weile beobachtet hatte, wie er Tee aus einem Plastikbecher nippte und einen zerfledderten Klavierauszug durchblätterte, so halb-halb zwischen flüchtig und studieren, um sich immer mal an einer oder der anderen Stelle festzuhaken. Mit tiefer, wie man sagt, sonorer Stimme erzählte er ihr, er fahre in eine große Stadt, um dort die Basspartie in der *Johannespassion* zu singen.
Im November? Soviel wusste sogar sie, dass man eine Bachpassion am Karfreitag aufzuführen hat oder wenigstens in der Passionszeit.
Bitteschön, es handele sich aber um ein Abonnementkonzert des dortigen Orchesters, in dem es um Fragen

des Menschseins gehe, unabhängig von Konfession und Kirchenjahr.
Also ein junger Dirigent?
Ja, gekreuzigt oder gerädert ist ihm eins. Aber ich respektiere, der will was. Der hagere Bass saß da wie von einem Besenstock aufgespießt und lächelte sie sanft und väterlich an, dabei war er jünger als sie. Wie alt muss man werden, um nicht mehr väterlich angelächelt zu werden von Männern.
Und erinnerte sich an einen Donnerstag, nach den Krankheitstagen im Hotel, da war sie in irgendeinem Zug in irgendeinen Chor geraten, der zu irgendeiner Aufführung irgendeiner Passion gereist war, war es Johannes oder Matthäus oder Markus. Und die waren heiter und ausgelassen gewesen und einige hatten mehrfach angestimmt *wohin? wohin?* Hatte sie dermaßen befremdet, diese Stimmung wie Fußballreisende, die hingegen sie aber manchmal auch rührten in der traulichen Überflüssigkeit dessen, was sie da taten: Fußballspielen nachreisen. Wohin, wohin. An einem Freitag hatte sie eine ältere Frau aus dem Norden getroffen, die nach Süden fuhr und im alten, hellbraunen Büchlein (die heute gelb waren) das *Aida*-Libretto las, weil die Arena von Verona ihr Ziel war, mit echten Elefanten. *Aida* hatte sie vor Ewigkeiten auch gehört, in der mittleren Stadt mit dem blauen Haus, im Opernabonnement ohne Elefanten, der Schluss war ein so schönes Sterbenwerden.
Der hagere Bass fragte sie, wohin sie fahre und ob sie

zur *Johannespassion* kommen wolle, Sie können eine Karte von mir haben. Wenns nicht im November Ihren kirchlichen Gefühlen widerspricht! Aber es ist ja auch eine Art Requiem.
Das hätte sie doch hübsch gefunden, ich danke Ihnen sehr, aber sie hatte weiterzufahren, sie konnte ja nicht schon wieder aussteigen, sie stieg ja schon mehr aus als zu fahren, und wünsche Ihnen ein gutes schönes Konzert.

Wohin?

Kam im IC 1207, der durchs Mittelgebirge fuhr, aber war schon dunkel, mit einem schläfrigen Studenten ins Gespräch, so einem, bei dem man schon an der Schläfrigkeit sieht, dass er ein Student ist. Eine Erscheinung, die sich selbst widerstrebte, mit strohblonden, zerstruwwelten Haaren und dunkelbraunen Augen. Sie hatte ihn sich mit einem Kuli, den er irgendwie in seine Einzelteile zerlegt hatte, herumplagen sehen und die Vergeblichkeit nicht mitansehen können, wie er das Ding zusammenzupfriemeln suchte. Da hatte sie ihm den Kuli wieder zusammengeschraubt, fünf oder sechs Teile bloß. Punkt, Punkt, Komma, Strich, du kriegst kein Mondgesicht zustande. Der Student fuhr zu seiner Freundin, aber redete nicht von ihr oder der Liebe allgemein, sondern hatte solche von Allsehnsucht beseelten Gedankenspiralen, die sie nur dann und wann abnickte. Schließlich wurde er wieder ganz irdisch und

stellte sich vor, wie es wäre, in jungen Jahren unheilbar krank zu sein: Das wäre etwas Schlimmes, zu wissen, dass man niemals alt sein wird. Nicht weil es das Leben unzulässig verkürzte, sondern nie erfahren zu werden, wie sich das Alter anfühlt.
Putzige Stimmung fand sie das, wenn man jung ist und unterwegs zu seiner Liebsten, aber naja. Er sah sie mit seinen dunkelbraunen Augen an. Sollte sie ihm das nun beantworten, wie es ist, das Alter?

Wohin? Wohin?

Kam im RE 4360, der durch wald- und wasserreiches Land fuhr, mit einer kugeligen Frau um die fünfzig ins Gespräch, die heimfuhr von der Wohnungsauflösung einer verstorbenen Tante. Beim Reden hüpfte die Frau immer leicht von ihrem Sitz auf, nur ein paar Zentimeter, aber als hätte sie so eine Springkraft im Hintern, die man bei ihrer Rundlichkeit nicht vermutet hätte. Die Tante war alleinstehend gewesen, und obwohl sie nicht viel mit ihr zu tun gehabt hatte, war der Nachlass an der Nichte hängengeblieben. Da hatte sie die Wahl gehabt, sich posthum in ein Leben hineinzuwühlen, mit dem nicht gut Kirschenessen gewesen war und das sie, als es noch nicht vorbei war, nicht interessiert hatte. Oder es eben zu lassen. Denn wenn man sich in ein fremdes Leben hineinwühlen will, dann wenigstens in eins, das noch nicht vorbei ist, oder? Die Welt ist voll von Hilfsbedürftig-

keit, all die Einsamen und Obdachlosen, oder denken Sie jetzt an die Flüchtlinge, mit Sentimentalität nach Verstorbenen nützt man niemand, nur der eigenen Lebensfeindschaft. Anpacken ist besser. Und hüpfte ein bisschen auf. Und so hatte sie alles entsorgt, auch das eine Fotoalbum, das sie im Haus der Tante gefunden hatte. Schwupp … aber doch zuvor einen Blick hineingeworfen und auf einem Bild hatte die Tante am Meer gestanden, mit dem Rücken zum Betrachter, da musste es wen gegeben haben, der fotografiert. Einmal inmitten von einem Dutzend Frauen in einer Art Ausflugslokal, keine Ahnung, wer oder wo. Die Farben auf den Bildern so gelb und braun, wie die Zeiten nie gewesen waren.
Einmal durchgeblättert, dann weg.
Putzige Stimmung nach einer Wohnungs- und Lebensauflösung, so gelassen und heiter und aufhüpfend. Schreit es nicht in ihr? Nein, sie hatte das im Griff. Diese Frau kann wohl in Samtschuhen durch lodernde Flammen gehen.
Und nun die heutigen Bilder, fuhr die Frau fort und musste lachen, wenn man da an die Nachlässe von morgen denkt, da kriegt man doch das nackte Grauen. Abermilliarden Fotos auf Computern und im Internet! Eine Flut von Bildern, die sich schon zu Lebzeiten nie wieder jemand anschaut, was soll da erst die Nachwelt mit?
Löschen, mit einem Klick.
Und doch, was für eine Vernichtung und Auslöschung.

Da nickte sie zu. Stimmte von ganzem Herzen. Blieb sie lieber in ihrer analogen Welt, und die paar Bilder ihres Lebens in der Tasche, die hatte sie nicht ein einziges Mal angerührt und hätte sie auch längst wegwerfen können, wenns ihr nicht so brutal vorgekommen wäre, das konnte sie nicht. Aber würde vielleicht trotzdem irgendwann.

Die kugelige, flammenfeste Frau kam nicht los von dieser immer weiter steigenden Bilderflut. Sie hatte einmal im Literaturkreis (ach, Sie waren auch mal in einem?) eine Geschichte gelesen, in der eine Landkarte immer weiter und weiter verfeinert wird, bis sie endlich mit dem kartografierten Land eins zu eins übereinstimmt. So kommt es mir mit den Bildern vor. Die vollkommene Abbildung eines Lebens, jedes Schritts und jedes Blicks, jedes Herzklopfens. Da kann man ja am Ende nur noch das vollkommene Abbild spurlos verschwinden lassen, so wie das Leben spurlos verschwunden ist. Aber wenn das alles bleibt, jedes Abbild: eine Zombiewelt. Alles bleibt für immer da und verwest in gewisser Weise und verändert sich in anderer Weise keinen Deut.

Sie gab der kugeligen Frau recht, obwohl diese Pohüpferei sie ganz nervös machte. Jedes Bild ein Scherbenhaufen, dachte sie etwa, wenn man etwas fotografiert, zerbricht es bereits. Schon wenn man es anschaut. Und blickte aus dem Fenster. Dachte an die lange Zugfahrt. Fragte sich, ob man so reisen könne, wieder und wieder dieselbe Strecke, dass man schließlich an jedem Punkt dieser Strecke *lebt*, ohne je an einem anzuhalten. Ob sie das tat.

Und dann diese paar anderen, die es trieben wie sie: in Zügen leben, während draußen Tag und Nacht ist und Frühling und Herbst. Denn natürlich gabs die, offenbar sogar so einige. Dieser und jene Bekannte hatten ihr von welchen erzählt, die ihnen vom Vielfahren vertraut waren, und manchmal lief oder fuhr sie einem oder einer anderen Dauerreisenden über den Weg. Ein Fall zum Wegsehen und Aus-dem-Weg-gehen, beidseits. Einer war immer mit verbundener rechter Hand unterwegs, der hatte fransige Haare und trug ein abgewetztes Jackett und sammelte auch meist Flaschen, aber kein Penner, sondern las viel in Büchern, die er mit der Linken dicht vors Gesicht hielt. Er setzte sich nicht hin, so als hätte er Angst vor den Sitzen, sondern lehnte sich in der Hocke an die Wand auf dem Gang. Als sie einmal unversehens an ihm vorübergekommen war, hatte er aufgeblickt, da hatte sie kurz in seinen Blick gesehen, eine Mischung, die es kaum geben konnte aus irre flackernd und völlig erloschen, halb-halb. Wer weiß, was der für ein Gepäck mitschleppte. Und das Buch war ein philosophisches, wie der Lockenkopf, und den hatte auch sein Gepäck zu Boden gezogen und wohl im Boden verschwinden lassen.
Solche möglichen Zwillinge mied sie. Unterhielt sich nur mit ferneren Verwandten, den Tauben auf den Bahnsteigen, und mit ihren Bekannten und Wohltätern,

fern, auch wenn sie ganz nah saßen. Die konnte sie unverwandt anschauen.
Oder diese Gestalt vor Sonnenaufgang im Norden im RE 5355, von der sie nicht sagen konnte, ob Mann oder Frau. Er oder sie hatte einen hochgeknoteten Dutt und ein herbes, knochiges Gesicht und fotografierte das mutterseelenleere Großraumabteil, fast wäre sie ihr oder ihm ins Bild gelatscht. Auch als sie sich unterhielten, wurde sie nicht sicher, ob Mann oder Frau, aber konnte ja auch ein Drittes oder Viertes sein. Aus der *taz* wusste sie, dass man neuerdings * schreiben sollte, aber vielleicht war das hier auch gar nicht der Fall und einfach Mann oder Frau. * erzählte mit Stimme in Mittellage, dass er und / oder sie so oft es ging im Zug fuhr und Stimmungen fotografierte, die Bilder aus wackliger Hand, bloß nicht schön, nicht gekonnt, nicht glänzend. Die zwitscherte sie auf ihr Internetkonto. Seltsame Verbindung nach draußen.
Kommunistische Verschwörungen, schwärmte *, ruchlose Mörder! Fliegende Untertassen! Geheime Raumschiffe! Mordkomplotte schmieden im Abteil hinter zugezognen Vorhängen! Reiseromantik!
Blieb sie trotzdem lieber in der analogen Welt. Macht das Digitale nicht böse? Sieh dir die Gesichter der Menschen in den Zügen an, seit es das Internet gibt, Mordkomplotte nichts dagegen.
Wieso soll es böse machen? Es ist ja nur da, und das Gute und Böse geht hinein, und dann macht es Böses und Gutes, wie der Mensch. * zeigte ihr schließlich so

eine Reise auf dem Smartphone. Wieder so ein leeres Abteil, wie das hier. Wie, *das* soll Romantik sein? Blieb sie lieber beim kleinen dicken gelben Buch.

Später, als der Zug um einiges verspätet WEGEN VERZÖGERUNGEN IM BETRIEBSABLAUF losfuhr, meinte sie im Herausfahren aus dem Bahnhof am Bahnsteig den lieben Lockenkopf erkannt zu haben, um den tat es ihr letztlich doch am meisten leid und weh. Das war ein ganz heruntergekommener Kerl in einem langen Mantel auf dem Bahnsteig, aber ehe sie sich vergewissern konnte, war der Zug auch schon vom Bahnsteig weg und aus dem Bahnhof hinaus, und sie hatte beschlossen, ihn nächste Woche auf dem Bahnhof nicht zu suchen. Unterhielt sich, las, blickte aus dem Fenster, dämmerte, träumte, tänzelte, stampfte.

Jetzt aber wirds schon Abend

Scheuen mich die Geister nicht

Fehlfunktion im menschenleeren EC 173, immer wieder vom Band die automatische Ansage mit ENTSCHULDIGUNG FÜR DEN AUSSERPLANMÄSSIGEN HALT, obwohl der Zug fuhr und fuhr.

Als draußen Sommer gewesen war, hatte es einmal einen Schmetterling im Zug gegeben. Sie sah ihn lange auf sich zukommen, einen Zitronenfalter, er setzte sich auf eine Kopfstütze, auf einen Koffer in der Gepäckablage. Dem Zitronenfalter durchs Großraumabteil folgte ein Junge, der eigentlich schon, wie man sagt, zu groß dafür war, dreizehn oder vierzehn und wohlgenährt und hatte solche rasierten Kopfseiten mit schwarzer Haarbürste obendrauf. Vielleicht war er, wie man sagt, etwas behindert, irgendwie, ein zu großes Kind, und ein älterer Mann, eher sein Großvater als Vater, folgte aufmerksam dem Kind, das dem Zitronenfalter folgte. Schließlich setzte sich der Zitronenfalter auf ihre Schulter. Mit den geschwollenen Beinen kam sie sich erst vor wie so ein Flusspferd, dem ein Madenhacker im Nacken sitzt, so ein afrikanischer Putzvogel mit rotem Schnabel. Ein Wesen ohne Gewicht, aus Luft und Licht, auf diesem schweren, schlammigen, madigen Tier, das sie war, so dicke Haut, dass nichts ihr die Beine aufschneiden kann.

Der Junge blieb vor ihr stehen und sah weiter den Zitronenfalter an, aber etwas von einem Blick fiel dabei auf sie, als lächelten sie sich an, ohne sich in die Augen zu sehen. Und sie fragten sich, ob ein Schmetterling Angst haben kann. Oder ob er ihre Liebe zu ihm fühlte.

Wie sich ein solches Sommerwesen hier herein verirrt hat.

So saß der Zitronenfalter eine Zeitlang, die sich anfühlte wie für immer. Und als er wieder losflog, war es, als setzte er die stillgestandene Welt wieder in Gang.

Bald darauf musste sie aus- und umsteigen. Aber auch

im nächsten Zug dachte sie weiter an den Jungen und an den Schmetterling. Der Junge war ein zu großes Kind, sie eine zu kleine Frau, so waren sie übereinander gekommen. Ob sie jetzt, weit auseinander, immer noch dasselbe dachten? Wer weiß. Und erinnerte sich ans Schmetterlingsbuch des knittrigen Nachbarn und an den schrecklichen, lustvollen Traum, in dem ihr und ihrem Bruder der herausgenommene Schmetterling zu Staub zerfallen war. Und sie war sicher, dass der Zitronenfalter dieser im Traum zu Staub zerfallene und nun zurückgekehrte Schmetterling gewesen war. Nicht mehr als exotisches Fabelwesen, sondern als Zitronenfalter, dennoch derselbe.

Dann verließ der Junge sie, oder sie den Jungen. Sah wieder nur sich selbst, als sie in die Fensterscheibe blickte, dunkel inzwischen. Da saß sie, aber wieder als Kind, sie sahen einander an. Draußen die aufgespießten Sterne am Himmel. Das Kind im Fenster erzählte der Frau, wie es gern Klavier spielte, und die Frau hörte Klaviermusik, wusste nicht was, aber mit solchen Wellen in der Tiefe und silbernen Perlen in der Höhe. Irgendwie war alles wieder gut, obwohl sie wusste, dass nie alles gut ist.

Und stellte sich vor, einen Schmetterling im Ohr zu haben, der reingeflogen war und den Gehörgang verstopfte, aber drinnen hörte es sich an, als flatterte er in ihrem Kopf. Und das hatte was mit dem Rauschen im Halbrund Luft zu tun, wenn man sich die Ohren zuhält. Aber vielleicht ließ es auch das Ohr welken, und dann fiels ab. Und vielleicht alles wegen des Schmetterlings, der da gewesen war, wo es innen hohl ist. Der setzte die Welt in Gang. Aber ob er Angst gehabt hatte?

Ein chinesischer Hochhauskletterer hatte sich zu Tode gestürzt, las sie in der *WELT*, seine eigene Kamera hatte ihn dabei gefilmt, es war fürs Internet gewesen. Hochhauskletterer kamen ihr vor wie Rebhühner, die nicht fliegen können und sterben aus.

Und der Mensch kann ja doch fliegen – *und fliegt*, wenn die Räder des Zuges sich von den Gleisen lösen und sich auflösen und der Zug abhebt und der Körper sich aus dem Zug löst, der innen hohl ist, und abhebt und sich die Seele herauslöst oder was das sein soll, etwas Feines und Luftiges, aus dem zwickenden und zwackenden, schweren, rammdösigen Körper heraus, und all das Böse, Gereizte, Unruhige abschüttelt wie so einen Floh, dem der Biss, mit dem er sich in der Haut festgesetzt hat, nichts nützt, wenn die Haut abgeworfen wird, oder sich, das Böse und Gereizte und Unruhige nämlich, von der Haut fort und aus dem Sinn und aus der Welt pusten lässt, die, Sinn und Welt nämlich, fortan aus Vögeln und Farben und anderen schönen Dingen bestehen, *und flog* in ruhigem, gleichmäßigem Flug, als schwebte sie, durch Tag und Nacht und über weites und über enges Land und über die Welt, ein unendliches gelbes Quadrat voller Sehnsucht, und spürte im leichten Flug den kalten, klaren, goldenen Luftzug um ihren luftleichten Körper streichen und fragte sich in einem Windeck ihres leichten kleinen Kopfs, ob denn ein Quadrat unendlich sein könne und trotzdem ein Quadrat, und wusste, während sie fragte, schon selbst die Antwort, die o ja lautete, nämlich im Flug, auf dem sie nicht fror in dieser kalten Luft, weil eine warme und sanft ruckelnde Himmelshand sie am Rücken hielt und über die Welt hob, *und flog* und spürte den milden und auch mal auffrischenden und ihr in die Haare, die kurzen, hereingreifenden Wind, *und flog* über stille Alleen, an denen manchmal Kreuze funkeln, manchmal überquert ein Füchslein die Allee, so eine Füchsleinin, nur ein kleiner, wandelnder, schwarzer Punkt von hoch oben, *und flog* über Kreisverkehre und Leeren und Steinbeete und Landstraßen und Radwege und Sackgassen und Feldwege und Fußgängerzonen und Autobahnen und Rolltreppen und Ameisenhaufen, über Einsamkeiten und Verkehrsinfarkte und über Rapsfelder und Maisfelder und Kartoffeläcker und Gärten voller Sonnenblumen und tote Stoppelfelder und Schneematschflecken und Solarfelder und Weinberge und Obstgärten und Kläranlagen und Golfplätze und Weizenschwarzrost und übers grüne Land *und flog* über Buchenwälder, Hänge, Pferdekoppeln, Büffelherden, über Rehe und Schmetterlinge, dösende Wale und über Spinnennetze und Brennnesseln und Heugarben und Mülldeponien und Windräder und Sümpfe und über Friedhöfe, Zeltlager, Zigeunersiedlungen, Fußballplätze, über bevölkerte und verlassene Badeseen, über bewohnte und aufgelassene Klöster, über spuckende und erloschene Vulkane, über Baustellen voller tanzender Kräne und Baustellen voller schlafender Kräne, über Spielplätze, Schornsteinfelder, Kirchen und Fabriken, über Höllenzüge und Himmelszüge und Jüngste Gerichte und scheue Geisterzüge, über Schiffe und Brücken und Flüsse, auf denen große Frachtkähne glitten, über Zoologische Gärten und Logistikcenter und Ausflugslokale, über Rolltreppen und Alleen und Blumen und Frauen und Bewunderer *und flog* über die Lichter der Städte und Autobahnen *und flog* über große Städte und über mittlere Städte und über kleine Städte und über Dörfer und Weiler und Ställe und über Tierfabriken und Köhlerhütten und verfallene Scheunen und über Niemandsländer und Motocross-Gelände und über Häuser mit müden Türen und gekreuzigten Fenstern und über Mietskasernen und Kriegerdenkmäler *und flog* über Erinnerungen, Hoffnungen, Pläne der Menschen, über Wache und Schlafende, über Zigarettengluten im Wind und Backfische und rosa Regenschirme *und flog* über Kindheit und Mitte und Alter und Geborenwerden und Sterben *und flog* über Berge und Täler und Höhlen in Kalkfelsen und flaches Land und tiefes Meer und über Burgtürme, Wassertürme, Fernsehtürme und über Alltage und Feiertage und Allnächte und Feiernächte, über rauschende Halbkreise und Kreise zwischen Zeiten und Räumen, über das Gras im Wind und über die Seen im Regen und über die sanft schaukelnden Bäume und über Dürren und Blüten, über Sommer und Herbste und Winter und Frühlinge, und da war die Welt ein Schneesturm und da war die Welt eine lächelnde Sommernacht, die sie streichelte und küsste, *und flog* lockerluftig über alle Wände und alle Wälle und alle Dämme und alle Grenzen und Zäune und Horizonte und flog *und flog* und flog über Behauste und Unbehauste und über Kraniche und Tauben und Rebhühner und Wiedehopfe und über Liebende und Einsame und Verschwindende und über Satte und Hungrige und über Wanderer und Wandermüde und über Trinker und Säufer und über Geglückte und Missglückte und über Bahnhöfe und Schlaraffenländer *und flog* über einen großen Scherbenstrom, in dem ein Pferd trieb, und der glitzerte und funkelte im Sonnenschein, und alle Körper auf der Welt waren aufgeschnitten von der Welt in Scherben, Fensterglasscherben, Stundenglasscherben, und war selbst eine Scherbe: SIE, die kleine Frau, *und flog* über einen riesengroßen Wald, unter dessen dichten Kronen Kinder mit geheimen Namen wohnen sollten und der auch glitzerte und funkelte im Sonnenschein, aber darunter lag ein soooo dunkler Schatten, der war das undurchdringliche Blätterdach und trug all das Glitzern und Funkeln auf sich und war unheimlich, unheimlich, *und flog höher* und schloss sich im Fluge eine Weile dem Zug der Graugänse an, deren Hauptgans sie eingeladen hatte, mitzufliegen im kurzen Schenkel, denn ein böser oder bloß gleichgültiger Jäger hatte eine aus ihrer Schar gerissen, und verließ nach einiger Zeit schweren Herzens die Schar der Gänse, denn sie musste allein sein *und flog* allmählich wieder tiefer und ins Verschwinden hinein, das sie schon greifen konnte, indem sie in sich hinein und durch sich hindurch greifen konnte, ein Luftwesen, Luft zu Luft, Wind zu Wind, *und flog* über durch die Nacht fliegende Züge *und die Nacht flog vorüber*, *und flog* und drehte sich im Fluge um, ohne es zu merken und ohne einen Drehwurm zu bekommen, denn es war sanft und friedlich in der Luft, wo Würmer nicht leben, und da schwamm sie mit dem Rücken zur Erde in der Luft und blickte ins Weltall, die Sterne zum Greifen nah, Schmetterlinge, von denen sie selbst einer war oder Asche unter Asche, und nichts auf der ganzen Welt fragte nach ihr, nichts sorgte sich um sie, und sie fragte nach nichts und sorgte sich um nichts, die Welt ist Geheimnis und Gleichgültigkeit, Geheimnis und Gleichgültigkeit ist sie selbst, flog über gestern und morgen und heute, fliegen können und aussterben, denn der Mensch kann fliegen und fliegt *und flog* über und manchmal im Geheimnis und der Gleichgültigkeit, fast, als flöge sie nach Haus.

Aber nur fast. Der Nacken tat weh, Kopfschmerz, trockne Haut. Am Montag packte sie neue Bücher ein und aß zu Mittag. Am Dienstag frühstückte sie. Am Mittwoch sammelte sie Pfandflaschen und ging am Klavier vorbei. Am Donnerstag blickte sie aus dem Fenster, sah das unerklärbare mattrosa Leuchten im Kiefernwald, turnte im Gang. Am Freitag reiste ein Mädchen allein, das ein Käsebrot aß und aus dem Fenster blickte. Sie aber spielte Backgammon und aß zu Nachmittag. Am Samstag flogen Fußballspiele vorüber, sie sammelte Pfandflaschen. Und dämmerte am Sonntag.

An irgendeinem Tag sah sie im ICE 2156 eine junge Frau, fast noch Kind, im Gang tänzeln und leise singen, ganz entrückt oder bisschen durchgedreht und fühlte sich wohl unbeobachtet oder war ihr egal. Sie sah ihr von den grauen Gummifalten zwischen den Wagen aus zu, aus diesem Akkordeon. Da hörte sie das Rauschen wie im zugehaltenen Halbrund vor dem Ohr. Das Kind, fast schon Frau mochte fünfzehn oder sechzehn sein, aber konnte sie sich irren, dieses Alter war für sie ja weit weg und hatte keine Kinder. Lang und dünn, als hätte die Quetschigkeit des Raums was mit ihr angestellt. Ein rotes T-Shirt mit so einer schwarzgelben Cheguevararübe drauf und *rage against the machine* und hielt im Tänzeln immer wieder inne, schaute in die Fensterscheibe, schon dunkel, was sah sie da, wenn sie sich selbst sah? Im Mädchengesicht einen halben Jungen. Darum Frau, fast noch Kind, die schwarzen Haare in so einem Pagenschnitt, aber wütend oder bloß tagelang keine Bürste zur Hand. Und kein Gepäck dabei, auf dem Boden neben ihr nur eine Anderthalbliter-Colaflasche und Karton mit Snickers, so ein offener Schaukarton wie im Kiosk, halbvoll, bestimmt gestohlen, daneben eine Jeansweste. Vielleicht lag das Gepäck am Platz, aber dachte sich gleich, die hat keinen Platz.

Dann wieder tänzeln und leise singen und sah sich ein bisschen im Gang um in alle Richtungen. Und kam ihr wie eine Glasfee vor, zu fest für ihre Wesensart und furchtbar verletzlich zugleich, denn Luft kann man nicht fassen, Glas schon. Und leicht zerschmeißen, allzu leicht.

Oder der Zitronenfalter damals im Zug, der Schmetterling.

Vielleicht auch erst vierzehn, aber siebzehn kaum. Dieses Alter jedenfalls, in dem man durch Glas und Wände hören kann, einzigartig hellsichtig und einzigartig in Gefahr.

Schließlich ging sie zu ihr hin, da sprach das Kind, fast schon Frau sie direkt an: Du siehst sie auch, nicht?

Überraschend tiefe Stimme, etwas rau, gar nicht kindlich. Hatte sie also längst schon bemerkt. Sie zögerte ein wenig. Dann sagte sie: Ja, ich sehe sie auch.

Die Frau, fast noch Kind sah sie an ohne zu lächeln, aber wirkte nicht feindselig, lächeln schien einfach zu ihrer Glaswelt nicht zu gehören. Sie hatte eine Kette aus dicken blauen Holzklunkern um den Hals, was gar nicht zum T-Shirt mit dem Rot und Gelb passte. Außer Grundfarben. Die Klunker so groß und dick, als sollte ihr leichter Glaskörper in Ketten gelegt sein. Hatte sie sich allerdings selbst angelegt, vielleicht damit sie nicht davon schwebt oder sich auflöst. Ihr Körper von kleinen Metallen durchstoßen, Augenbraue, Lippe.

Wie sie das schweigende Kind, fast schon Frau noch länger betrachtete, bemerkte sie, das rote T-Shirt war am Hals eingerissen. Und schließlich auch diese Narben an den Handgelenken. Verletzliches Fleisch. Die dünnen Arme, die dünnen Beine in ihrer Röhrenjeans, wie Zahnstocher oder so ein Reh. Überkamen sie mütterliche Gefühle. Wenn nicht großmütterliche, oder hatten sie schon auf den ersten Blick aus der Zugfalz überkommen.

Meinst du, dass sie über uns lachen?, fragte schließlich die Frau, fast noch Kind mit der tiefen, rauen Stimme.

Nein. Sie nehmen uns gar nicht wahr, glaube ich. Jedenfalls sind wir ihnen egal.

Da schwieg das Kind, fast schon Frau wieder und wippte ein bisschen auf den Zehenspitzen und summte leise, schon wirklich entrückt oder bisschen durchgedreht. Kam ihr wie ein Tramp vor, so eine Ausreißerin, und machte sich Sorgen um diese Frau, fast noch Kind, denn es lauern ja entsetzliche Gewalten herum, die sich über das Zarte hermachen wollen und in Stücke schlagen. Seelenscherben. Und mit dem Körper, wo will sie hin, wo wird sie schlafen, was wird sie essen, wenn sie die Snickers aufgegessen hat. Das Kind aber, fast schon Frau fragte nach einer Weile: Aber sie sind auch nicht gegen uns, oder?

Nein, warum sollten sie?

Und fragte sich, ob es zwischen ihnen mehr Unterschied gab, weil die Frau, fast noch Kind ja die Unbekannten anscheinend tatsächlich sah, oder mehr Gemeinsamkeit, weil sie beide wussten, dass es sie gab. Sie standen jetzt nebeneinander, hätten sich in der dunklen

Fensterscheibe spiegeln können oder sogar verschmelzen miteinander und mussten das Gleichgewicht halten, weil der Zug durch ruckliges Gebiet fuhr. Das Kind, fast schon Frau schien von Gefahren nichts zu wissen oder wollte nicht. Aber bot ihr ein Snickers an.

Zweihundertfünfundsiebzig Kalorien, möchtest du? Mit neun Riegeln deckst du deinen Tagesbedarf.

An was?

An Kalorien.

Wohin fährst du?

Was geht dich das an? Wohin fährst *du*?

Es war nicht so gemeint. Nicht aus Neugier. Aber pass auf dich auf.

Davon hab ich nichts, dass jemand mir sagt, pass auf dich auf. Wenn mir einer was tun will, soll ich ihm dann sagen, hey lass das, eine alte Frau hat mir mal gesagt, pass auf dich auf?

Nein. Du sollst auf dich aufpassen.

Sorry. Hast du ein bisschen Geld für mich?

Wie bitte?

Ach, vergiss es. Sorry.

Entschuldige dich nicht immer. Und griff sich unter den weiten blauen Pulli, öffnete ihre Brusttasche und zog einen Zwanzigeuroschein raus. Zum ersten Mal ein Anflug von Lächeln in diesem Gesicht, in dem noch ein halber Junge steckte. Kein Danke zwar, dafür: Könntest du … ich weiß nicht, vielleicht noch was? Bisschen mehr?

Da zog sie noch einen Zwanzigeuroschein hervor. Und

dann hockten sie so eine Stunde beisammen, die Rücken an die Wand gelehnt und kam manchmal einer durch, der eine freundlich, die andere harter Blick, aber mussten sie so oder so die Knie anziehen, um ihn durchzulassen. Nahm aus der Sporttasche vor sich ein Stück Streuselkuchen, das sie in eine DB-Serviette eingewickelt hatte, schon etwas trocken und krümelig, und teilten es schwesterlich. Ohne viel zu reden, als kennten sie sich schon ewig, vielleicht aus einer anderen Welt. Die Frau, fast noch Kind fummelte und zog immer am Ring an ihrer Lippe herum, das hätte sie ihr am liebsten verboten, aber verbot sie sich selbst zu verbieten.

Wohin fährst du, fragte das Kind, fast schon Frau sie irgendwann.

Ich wusste's mal, glaub ich, aber ich habs vergessen. Oder vielleicht wusste ichs auch nie, aber habs erst jetzt bemerkt, dass ich es nicht weiß. Und du? Wohin fährst du?

Da antwortete die Frau, fast noch Kind nicht drauf, sondern fragte zurück oder einfach weiter: Und wie lang bist du schon unterwegs?

Anderthalb Jahre.

Wow. Ich eine Woche.

Und schlief bald darauf ein, im Hocken an der Gangwand, und sie betrachtete sie einfach, das Kind, fast schon Frau, hätte gern in ihren Traum hineingeschaut oder ihn mitgeträumt. Aber ging natürlich nicht, denn jeder ist in der gleichen Umgebung in einer anderen Welt und im Schlaf erst recht.

Später, als sich ihre Wege wieder getrennt hatten, war sie sicher, dass es zwischen ihnen mehr Gemeinsamkeit als Unterschied gab. Meine nie geborene Tochter, dachte sie, längst schon eine erwachsene Frau. Längst kein Kind mehr. Aber Sohn zugleich. Da war ihre Tochter längst dahingegangen auf dem dunklen Bahnhof mit Colaflasche und Snickerskarton und in ihrem roten T-Shirt, viel zu dünn für die scheußliche Jahreszeit da draußen. Jetzt die Weste wieder drübergezogen, trotzdem. Und die Holzklunker um den Hals. Wohin es sie riss.

Las, blickte, turnte, wusch, dämmerte, aß, trank. Fuhr Dienstag, Mittwoch, Donnerstag, Freitag, Samstag, Sonntag, Montag, Dienstag.

Jahreszeit und Wetter dann nochmal in den Zug, oder eher Unzeit, Unwetter: der dritte Sturm. Schon während er dauernd angekündigt wurde und vorgewarnt, lag der Zugverkehr still in der großen Stadt, in der sie morgens gestrandet war und wäre normal gleich weitergefahren, aber diesmal nicht, weil irgendwelche Fuzzis aus irgendeinem Protest irgendwelche Gleise sabotiert hatten. Rübe ab, hatte es vor vierzig Jahren bei sowas geheißen, aber jetzt bloß apathisches Gedränge auf dem Bahnsteig. Währenddem immer weitere Unwetterwarnungen. Erst am Nachmittag schon mit Einbruch der Dämmerung fuhr der ICE 707 auf der Strecke dann doch los, auf der sie sonst frühmorgens aus der großen Stadt rausfuhr, aber wer weiß wie lange, denn der Sturm war noch nicht ausgebrochen. Und war ein Zug wie Ölsardinen und Sauna, aber eine Gestalt neben ihr oder schon an ihr dran mit Wollmütze und dickem Schal bis über die Nase, wie so ein Berber oder Burka. Wers mag. Schwere, schwere Körper und als hinge ihr so eine Last an den Füßen oder der Zugboden wollte sie in sich hinein und dazu kribbelnde Beine, dieses Stechen im Nacken. Hielt sie ihre Tasche fest umklammert vor dem Bauch, an dem auch wieder die Haut juckte, und gelang ihr trotz allem, aus dem Fenster zu blicken. Auch hier landauf landab dieser Lichterschmuck in den Fenstern und die Weihnachtstannen. Die Straßen alle leergefegt von den Warnungen, auch kaum fahrende Autos, die Bäume bogen sich im Wind wie Vogelscheuchen, die wollen in den Himmel spazieren. Die Abwesenheit aller Menschen beunruhigte sie, was machen die? Sich verkrochen haben unter sichre Dächer, klar, aber sorgte sich trotzdem, wo die alle hingekrochen waren, in Jüngste Gerichte und ins Internet, was da abgehen wird mit der Welt. Abertausendköpfige Bots werden wachsen und herauskriechen in die wahre Welt, abertausend Homunkulüsse.

Oder waren sie halt alle im Zug, die komplette Menschheit im ICE 707. Hätte sie mit bisschen Platz gern diesen weiten warmen Pullover ausgezogen, aber der Wollmensch neben ihr keine Anstalten. Jemand zwängte sich durch, von irgendwo ein harter Blick, nicht gegen sie, aber landete doch auf ihr. Blickte sie lieber wieder aus dem Fenster, wo die sich im Wind biegenden großen Tannen vorüberflogen, hinter denen sich dieser ihrem Herzen nahe Friedhof befand. Mein Bruder. Dann erblickte sie auf dem leergefegten Damm hinter dem Friedhof den zebrastreifigen Radfahrer. Hat der denn eine. Ist der. Der strampelte doch normal in der Frühe hinaus, und jetzt bei Einbruch der Dunkelheit, bei diesem Wintersauwetter, wo die Züge zerbrechen und die Bäume krachen? Welche seltsamen Phänomene und rätselhaften Ereignisse will dieses eine ? wohl da draußen erforschen?

ß?

Hatte der Zug es aber schon hinter sich gelassen. Nun wurde es schnell ganz finster, in der Ferne zuckten Blitze. Dann im Bahnhof am Rand der großen Stadt quetschten sich noch mehr Leute rein. Paar Durchsagen, geht es weiter, geht es nicht weiter, es ging weiter, aber erst nach einer ganzen Weile, halbe Stunde oder so gemäß Zuguhr, aber kam ihr wie viele Stunden vor und als ob der Zug ächzte unter der Last, die er selbst war. Und jetzt war der Regen losgebrochen, und wie. Wenn es blitzte, wurden die leeren Straßen plötzlich hell, Schrebergärten und dichte Hochhäuser und das Donnern war im Zug zu hören, da nützen die dicksten Fenster nichts.

Und dann auch noch gleich nach der Abfahrt auf freiem Feld Schnellbremsung: maximale Kraft, vollstmögliche

Wirkung. Schwere Sardinenkörper fielen einander in die Flossen, einige lachten, andere schimpften.
Die Nacht stand.
Und der Zug schief, er musste in einer Kurve gehalten haben. Kam ihr vor wie auf diesem dicken, schweren Kreuzfahrtschiff, das der machofeiste italienische Kapitän aus Versehen hatte umkippen lassen, als er für seine Geliebte irgendwem an Land hatte zututen wollen. So schlimm zum Glück nicht, keine Toten und Verletzten hier, so weit zu überschauen. Nur klitschnass wie im Regen, aber kam vom Schweiß und ein steigender Reizpegel, eine Frau mit Kopftuch und schreiendem Kind begann sehr laut in einer fremden Sprache zu telefonieren, ein alter Mann rief, Türktürk, Europa. Halt die Klappe, rief jemand tief aus dem Gedränge, unklar, ob er den alten Mann meinte oder die Frau oder ihr Kind, aber die telefonierte und das schrie so oder so weiter, nur der alte Mann hielt die Klappe, vielleicht weil schwer zu atmen in dem Gedränge und der dicken Luft.
Und dann doch ein Toter. Breitete sich zumindest das Gerede vom Kopf des Zugs heran zu ihnen aus. Sie hörte es von drei oder vier Rücken weiter: Der Zug sei abrupt gestoppt, denn es sei ein Radfahrer überfahren worden. Der über die Gleise gewollt hätte. In der Nacht mit dem Rad über die Gleise, und dann noch im Gewitter, dachte sie, Jäger und Löwe in einem. Das ist mal ein schwerer Körper, wenn er vor den Zug knallt. Eine Last, schwupps, hau ab. Aber tief im hohlen Zug

keinerlei Erschütterung gespürt, nur das Bremsen. Sie erinnerte sich an den Schmetterling im Zug, den Zitronenfalter. Wenn was den wegklatscht, wie Luft. An die Frau neulich, fast noch ein Kind. Wie Luft.

WEGEN EINEM UNFALL MIT PERSONENSCHADEN

Da ging ein Stöhnen durch den Zug, nur paar, aber umso lauter und einer, den sie nicht sah, begann mit Dauerschimpfen über die Schadensperson, und dann noch mitten in der Nacht. Kann er nicht von einem Turm springen, wo es keinen aufhält. *Der* hat jetzt seine Ruhe, und wir stehen hier. Und sie eingequetscht mittendrin, die Beine immer schwerer. Durchgeschwitzt, Stechen. Hielt die Tasche fest umklammert. Kleidung, Waschzeug, Papiere, Notration. Ewiges Einerlei, null Interesse. Versuchte sich noch an irgendwas zu erinnern. Aus ihrem Leben zu erinnern, aus ihrer Kindheit. Nichts. Sie stand auf einer belebten Straße an einem schönen Frühlingstag, vor Straßenbahngleisen, die Sonne schien ihr grad ins Gesicht. Ihr unnützes Leben, denn es gibt keine Seele.

MIX
Papier aus verantwortungsvollen Quellen
FSC
www.fsc.org
FSC® C083411

Das für dieses Buch verwendete Papier ist FSC®-zertifiziert.